AF236062

Mutmacher, Unterhalter und Ablenker von der Pandemie für Freunde!

© 2020 Heinfried Kuers
Herstellung und Verlag: BoD – Books on Demand,
Norderstedt
ISBN: 978-3-7519-3176-2

Vorwort:

Schon am ersten Tag des Herumsitzens habe ich nach einer weiteren „geistigen" Beschäftigungsmöglichkeit gesucht. Als erstes fiel mir das Buch von Jürgen von der Lippe ein, dass ich als letztes gelesen hatte. In der Lektüre „Beim Dehnen singe ich Balladen" haben mich die Kurzgeschichten sehr amüsiert, so dass ich dieses Buch hiermit als Lesetipp empfehlen möchte.

Da man mir die außerordentliche Ehre zu teil werden ließ, bei einem kleinen lokalen Kurzgeschichten – Wettbewerb die Preise für Platz 2 und 6 zu erreiche, hatte ich eine Grundlage für meinen gefassten Entschluss, weitere kleine Geschichten zu schreiben. Hinzu kamen noch ein paar gespeicherte ältere Geschichten aus den Ordnern meines PCs.

Doch warum sollte ich sie nur für mich behalten? Teile sie doch mit der Familie und Freunden, die in dieser Zeit auch zu Hause sitzen, und so wie du nach einer Abwechselung suchen. Außerdem sind sie das beste Publikum, dass man sich wünschen kann, offen und ehrlich.

In diesem Buch habe ich auch meine Anschreiben vor jeden Geschichten mit hineingepackt. So kann sich der Leser auch ein wenig in meine Gedankenwelt hinein versetzen, in dieser Zeit ohne persönlichen zwischenmenschlichen Kontakt.

Besonders begrüßen möchte ich in diesem Buch auch meinen „Kumpel", den Fehlerteufel. Da ich nicht „Duden fest" bin und auch mit der Grammatik manchmal das „Kriegsbeil" ausgegraben habe, hat er immer leichtes Spiel sich in dem Buch einzuschleichen. Eine weitere Tür öffne ich ihm dadurch, dass meine Finger auf der Tastatur, meinen Gedanken einfach nicht hinter herkommen. Das sind glaube ich genügend Gründe, warum euch hier kein literarisches Meisterwerk erwartet, sondern nur die in Geschichten zusammen gefassten aus Fantasie, gepaart mit mehr oder weniger Erinnerungsabschnitten des Schreiberlings, der weit entfernt ist ein Autor zu sein.

Bitte überseht den Fehlerteufel und hat Spaß beim Lesen.
Also passt gut auf euch auf und bleibt gesund.

Heinfried

Inhaltsverzeichnis

Liebe Freunde,

ein kleiner, teuflischer, hoch ansteckender Virus scheint das Leben auf unserem Planeten durcheinander zu wirbeln. In allen Staaten wurden bereits Szenarien von beispiellosen Ausmaßen in Gang gesetzt. Das ganze Universum scheint sich nur noch mit ihm zu beschäftigen. Ob Medien oder Internet sind überflutet von Informationen, Fakten und vermeidliche Falschmeldungen.

Manchmal ist es mir einfach zu viel. Da habe ich mir überlegt, meine Freunde (in meinem Adressbuch stehende E-mail Adressen) mit meinen kleinen Geschichten etwas, wenn es mir möglich ist, abzulenken und ein paar Minuten einige andere Gedanken in den Kopf zu bekommen. Ich weiß nicht ob es mir gelingt, was selbstverständlich an jedem von euch liegt, aber für mich ist es mindestens ein Versuch wert.
Über jede Resonanz freue ich mich, denn dann bekommen meine Gedanken eine andere Richtung.

Bleibt gesund,

Heinfried

Dünenabfahrt

Es war doch keine gute Idee von mir, am Gründonnerstag auszuschlafen, Mittagessen und uns dann auf den Weg nach Dänemark zu machen. Als wir auf die A7 auffuhren, hatte ich das Gefühl, als hätten tausende von Autofahrern die gleiche Idee gehabt.

So quälten wir uns mit „Stop and Go" mühsam zum und durch den Elbtunnel. Kurze Entspannungsphase von 100 km/h, doch dann die scheinbar nicht enden wollende Blaustelle bei Quickborn. Schleichender Weise ging es über in die Baustelle Neumünster. Da staut sich doch Unverständlichkeit, Frust und Ärger an, und man sieht nicht einen Bauarbeiter. Doch sollte man bedenken, auch die möchten ihren Osterurlaub rechtzeitig antreten. Vielleicht sitzt sogar einer im Auto hinter uns.

Als wir den Nord-Ostsee-Kanal über die Rader - Hochbrücke überquert hatten, konnten wir endlich einmal durchatmen. Es wurde auch Zeit, dass der Fuß auf dem Gaspedal nun den Zeiger des Tachos wie gewünscht nach oben in Bewegung setzen konnte. Endlich Platz auf der A7. Doch die 1 1/2 Stunden verlorene Zeit waren nicht aufzuholen.

Vor der dänischen Grenze noch einmal getankt und dann über Ribe in der Hafen nach Esbjerg. Dort wartete die nächste unangenehme Überraschung auf uns. Ein voll belegter Fähranliegerparkplatz für die Fähre nach Fano. Eine weitere

Stunde oben drauf, denn nun brauchten drei Fähren Geduld, um übersetzen zu können.

In Nordby wartete schon das Empfangskomitee, mein Bruder mit Frau und Sohn, sowie unser Sprössling. Die Bemerkung: „Wer zu spät losfährt, den bestraft der Reiseverkehr" konnte sich mein Bruder nicht verkneifen. Da hilft nur trocken herunter schlucken. Wo er recht hat, da hat er recht.

Das war wirklich ein tolles Ferienhaus in Sonderho. Geräumig, gut eingerichtet und der Ofen funktionierte prächtig. Wir brachten unsere Koffer in das Haus, bezogen die Betten und wollten eigentlich die Füße hoch legen, als unser Sohn und sein Cousin im Schlepptau, den Wunsch äußerte, noch vor der Dunkelheit an den Strand zu fahren.

Mein Bruder und unsere Frau befreiten mich und die Kinder von der Abendbrotvorbereitung und so gab es keine Ausrede dem Wunsch der Jungen nach zu kommen.

Es hatte seinen guten Grund für die Fahrt am Strand, waren doch beide in dem Alter, wo die Füße an die Pedale reichten und sie dabei über das Lenkrad schauen konnten. So wurden die ersten Fahrversuche an dem nun weiten und fast menschenleeren Strand gestartet. Was im letzten Urlaub versprochen war, wurde damit eingehalten.

Das Fahren ging schon ganz gut, Probleme bereitete nur das Starten. Jeder der beiden Jungs zählt, wie oft der andere das Auto abwürgte, bevor es ins Rollen und dann ins Fahren kam.

Die Fahrstunde war vorbei und zurück zum Feriendomizil. Auf der Rückfahrt schien es mir, als ob zwei um 10 cm gewachsene Kerle im Auto Platz genommen hätten. „Vielleicht können wir ja morgen Abend noch einmal" wurde an mich heran getragen. „Wir werden sehen" war meine unverbindliche Antwort.

An diesem Abend hatten wir zwei sehr verträglich und artige Kinder in unserem Ferienhaus. Ohne murren wurde das Bett aufgesucht, wohl auch mit dem Gedanken, dass es morgen erneut mit einer Fahrstunde am Stand klappt.

Die über Esbjerg aufgegangene Sonne warf ein Bündel von Strahlen in unser Schlaf-zimmer. Als sie meine Augen trafen, erwachte ich nach einer hervorragenden Nachtruhe. Ich hatte nicht einmal gemerkt, das meine Frau bereits unter der Dusche stand. Noch etwas schlaftrunken, nicht richtig wach, löste ich sie im Badezimmer ab und sprang unter die Dusche. Herrlich, wenn die Lebensgeister in einem erwachen.

Mein Bruder hatte schon den Ofen angeheizt und kehrte, nach dem auch ich meinen Anzug, mit Freizeitklamotten getauscht hatte, mit den Frühstücksbrötchen zurück. Dazu einen Rat. Diese Brötchen schmecken nur auf dieser Insel, bei diesem Klima so einmalig und und unvergleichlich gut. Jeder Versuch sie zu exportieren schlägt fehl. Also nicht mit nach Hause nehmen.

Nach dem Frühstück ging es bei strahlendem Sonnenschein hinaus. Mit meiner kurzen Hose war ich gut für diesen

Frühlingstag gerüstet Ein Aufstieg auf die neben unserem Haus liegende spärlich bewachsene Sanddüne war mein eigentliches Ziel. Doch sah ich wie die beiden Jungen an dem Fahrrad montierten. Ihr Onkel hatte ihnen für die Fahrt ein „Mountainbike" gebaut. Es war eigentlich ein altes Kinderfahrrand, dass als einzigen Luxus ein Rücktritt und einen hohen Lenker hatte. Alles andere war demontiert.

„Ist das eure Übungsstrecke", wollte ich von den beiden wissen und zeigte auf die Sanddüne. Knappe Antwort „Ja." „Von ganz oben?" wieder ein „Ja". „Gibt einmal her, dass reizt mich auch", sagte ich, warf das Gefährt über Schulter und schon begann der Aufstieg. Der war mühevoller als gedacht und von oben betrachte, sah der Weg nach unten viel steiler aus, als aus der anderen Richtung. Auch viel mir auf, dass hier oben keine Reifenspuren waren, dem ich aber zu dem Zeitpunkt keinerlei Bedeutung beimaß.

Festen Halt am Lenker, unter an der Düne stand mein Publikum, vor dem ich nun meine grandiose Abfahrt vorführen wollte. Fuß auf die Pedale, einmal kräftig getreten und schon ging es rasend abwärts.

Von dem Flug hatte ich nichts mit bekommen, nur den Aufschlag. Irgend etwas, ob loser Sand oder ein Büschel Strandhafer hatten mein Fahrzeug abrupt zum Stehen gebracht und der Drahtesel hatte mich im hohen Bogen abgeworfen. Zum meinen Glück landete ich in einer etwas weichen Sandmulde.

Ich rappelte mich auf, hörte ein:„Alles okay", unterlegt von einem unterdrückten Kindergelächter, als mein Publikum zu mir herauf gelaufen kam. Schultern waren in Ordnung, denn ich konnte sie drehen. Dann klopfte ich mir den Sand von der Kleidung. „Dein Knie blutet. Du bist auch verrückt von da oben zu fahren", waren die Worte meiner Schwägerin, von Beruf Krankenschwester, die ich zu erst zu hören bekam. Wahrscheinlich hatte ich im Flug den Lenker tuschiert. „Je oller, je oller", der trockene Kommentar meines Bruders. „ Das Fahrrad ist noch heile" stellte mein Sohn fest.

Im Ferienhaus angekommen, wurde zunächst meine Wunde gereinigt und desinfiziert. Dabei ist es nicht leicht zu lächeln, wenn das Adrenalin aus dem Körper gewichen ist und die Schmerzen Tränenwasser durch den Kanal in die Augen drückt. „Da musst du nun durch, keine Schwäche zeigen", sagte ich mir, obwohl nun auch die Handgelenke und der rechte Knöchel zu schmerzen begann. „Das hast du toll hinbekommen, aber ich werde nicht den ganzen Urlaub über bedauern. Da bist zu selber Schuld", sagte meine Frau und drückte mir eine großes Pflaster mit Pinguinen auf die blutende Stelle am Knie. „Auch noch mit mir scherzen und mich mit dem Kinderpflaster herum laufen lassen", diese Worte gingen durch meinen Kopf.

Ich atmete tief durch, stand auf und versuchte, so gut es ging, alle Schmerzen zu verbergen. „Geht", sagte ich mit gequältem Lächeln. Dann füllte ich mir die letzte Tasse Kaffee ein und verabschiedete mich von den beiden Dame auf die Veranda, um das Bein ein wenig hoch zu legen.

Als ich die Veranda betrat, hörte ich die Stimmen unseres Sohnes und seinem Cousin aus den mir rückwärts zugewandten Gartenstühlen. „Wann wir von da oben gefahren wären, hätte es bestimmt Mecker gegeben". „Ich habe Ja gleich gesagt, das ist einfach zu gefährlich". „Dann fahren wir wieder von unserem Startplatz in der Mitte" „Oh, Papa".

An dem Abend und die nächsten beiden Tag musste mein Bruder die Fahrstunde am Strand geben. Es war mir es nicht möglich mein Knie in die richtige Beugung zu bekommen.

Liebe Freunde,

heute möchte ich euch mit meiner 2. Geschichte konfrontieren, die wie auch die erste jeder Zeit weiter verbreitet werden darf. Ich, als Schreiberling (Autor wäre zu überheblich), erhebe auf meine Fantasie keine Urheberrechte.

Doch zuvor noch einmal Danke an alle, die sich bei mir gemeldet haben. Kontakt in dieser Zeit ist doch etwas positiv wertvolles. Selbstverständlich ist auch eine Löschung/Aufnahme aus dem Verteiler auf Wunsch möglich.

Zur heutigen Geschichte:

Langsam lesen, Erfahrungsschatz aus 2 Jahre Rentner und viel Fantasie

Neben den lieben Grüße wüschen euch und euren Lieben
Bleibt gesund!

Bis Sonntag

Heinfried

Rentnererhebung

Ruhe

Eine hundertstel Sekunde großer Ungewissheit.

Stille

Ein Augenlid öffnet sich spaltweise,

Die Hände greifen nach den Ohren.

Du entfernst die Ohropaxs und hörst deinen eigenem Atem.

Sekundenlanger stiller, anhaltender Jubel in dir.

„Hurra ich lebe noch!"

Ein dir bekanntes Geräusch unter der Bettdecke nimmt dein

Gehör war.

Schichtwechsel!

Von Nacht- auf Tagesschicht im Darmtrakt.

Die nächste Bewegung der Armmuskulatur beordert die Hand

abwärts,

zum Kratzen der intimsten Stelle des Mannes.

Als Rentner verfügst du über die nötige Erfahrung,

dass es nichts mit deinem Testosteronspiegel zu tun hat,

was du gerade in den Nervenzellen deiner Fingerkuppen

gespürt hast.

Das was du berührtes,

war der Wasserstandmelder deiner Blase.

Das eigentliche Wecksignal.

Mit der Routine deiner vielen Lenze, richtest du deinen gebeutelten, teilweise renovierten, mit Ersatzteilen bestückten, unvorteilhaften Körper gemächlich auf.

Die schlaffen aus dem Bett hängenden, fast muskellosen Beinen,

fällt es schwer den massigen Körper zu tragen.

Mit schlafwandlerischer Sicherheit erreichst du, nach kurzer Zeit , das Objekt deiner Bedürftigkeit.

Das Toilettenbecken.

Die Hose fällt, nachdem der kleine Widerstand überwunden ist, zu Boden.

Lieber setzen,vorsichtshalber, es könnte ja mehr kommen.

Die Kälte der Klobrille durchfährt zunächst die Haut deines, in der Hose so wohlig gewärmten schlaffen Hinterteils.

Dann kriecht sie den ganzen Körper hinauf,

während sich die überschüssige Flüssigkeit der Blase, in die andere Richtung verabschiedet.

Der zeitliche Aufwand für diesen Vorgang ist in diesem Alter größer geworden,

was, altersbedingt, auf einen Druckabfall im Leistungsbereich zurück zu führen ist.

Geduldig warten.

Der Wasserstandmelder der Blase erschlafft.

Mit der eingeübten Schüttel- und Klopftechnik versuchst du, wie jeden Morgen,

den letzten Tropfen zum Verlassen deines Körpers zu
überreden.

Vom Sitz in den Stand.

Hose hoch.

Mit den schläfrige Augen,der kleinst möglichen Öffnung,
Sehschlitze, auf zu Waschbecken.

Auf dem kurzen Weg dort hin, bemerkst du unweigerlich, wie
jeden Morgen,

der Versuch mit dem Tropfen ist gescheitert.

An den Warmwasserhahn gedreht, bis das Wasser ein
lauwarmen Zustand erreicht hat.

Kalt könnte, wie du einmal gelesen hast, zu einem schweren
Schock führen.

Die beiden Hände zu einer Schale geformt,
volllaufen lassen und dann ab in das Gesicht.

Mit den nun kompletten Öffnen der Augen wird dieser Vorgang
abgeschlossen.

In dem Spiegel wirst du dann, wie jeden Morgen, von diesem
alten,

dir scheinbar fremden Mann, fassungslos angeschaut.

Für alle Rentner, bis morgen früh vor dem Spiegel. Danke.

Guten morgen liebe Freunde,

in was für einen strahlend blauer Himmel konnte ich heute morgen schauen, als ich das Rollo von unserem nach Osten liegenden Schlafzimmer nach oben zog. Keine Wolke am Himmel. Hoffentlich erleben wir das auch bald wieder in unserem Alltag, dass sich diese hässliche, dunkele Coronawolke verzieht. Sciencefiction Freaks wurden sagen, sich mit Lichtgeschwindigkeit in den Weiten des Weltraumes verzieht. Ich glaube, da ist noch sehr viel Platz hinter unserem Sonnensystem für diese Wolke.Da heute Sonntag ist habe ich für euch die Geschichte ausgesucht, mit der ich bei dem lokalen Kurzgeschichten-Wettbewerbes der ILE-Region Lachte-Lutter-Oker den 2. Preis gewonnen habe. Ich hoffe ich kann den Restaurant - Gutschein für 2 Personen nach der überstandenen Pandemie bald einlösen.

<u>Zur heutigen Geschichte:</u> Sie handelt von dem Gegenstand, der mich, seit dem ich laufen kann, in jeder Form begleitet hat, einem Ball. Ein Erinnerungsfetzen hat mich an einen solchen Kontakt erinnert. Der Rest entspringt meiner Fantasie.

Genießt den sonnigen Tag mit hoffentlich positiven Erinner-ungen und Ausblicken.
Bleibt gesund!

Heinfried

Ballkontakt

1961 Es war ein bedeckter Spätsommertag. Die Wolken gaben die Sonne nicht frei und so blieb die Feuchtigkeit des Regens, der in der Nacht gefallen war, im Gras und in den Blättern der Bäume haften. Die Geräuschkulisse unseres Dorfes war noch geprägt vom Schlag der Kirchenturm Uhr, dem Gebell der Hofhunde und dem lauten Knattern des Lanz Bulldog irgendwo in der Feldmark. Nur selten kamen Verkehrsgeräusche von durchfahrenden Automobilen an unser Ohr.

Seit dem 25. Juni des Jahres 1960 war ich ein glühender Fan des Fußballs geworden. An jenem Tag hatte ich meine erste Fußballübertragung im Fernsehen, unter dem Tisch im Clubzimmer der Gastwirtschaft sitzend, verfolgt. Nach dem 3:2 Siegestreffer in der 87. Minute wollte ich so spielen können wie mein Idol, Uwe Seeler und ich war ein Anhänger vom Hamburger Sportverein geworden.

„Du musst fleißig, am besten jeden Tag trainieren, wenn du ein Fußballer werden möchtest" hatte mir unser Nachbar mit auf den Weg gegeben, als ich ihm von meinen großen Traum erzählt hatte. So nutzte ich jede frei Minute, um gegen den Ball zu treten. Das ging am besten auf dem Schulhof in unserem Ort, der hinter unserem Garten lag. Dort hatten sie gerade nach dem Sommerferien zwei neue Tore aufgestellt.

Mein großer, weil 2 Jahre älter, Bruder und ich nahmen die Abkürzung zum Schulhof, einem Sandplatz mit Grasstreifen an den Seiten, über den Gartenzaun und schon waren wir da. Unser Heiligtum, einen dunkelblauen Plastikball, war mit dabei. Wir waren die ersten, wegen dem kürzesten Weg, und begannen mit dem Ball zu zu kicken.

Nach und nach kamen nun auch immer mehr Kinder auf den Schulhof, war er doch zu diesem Zeitpunkt der Treffpunkt für alle Kinder des Ortes.

Die Gruppe der 11 bis 15 jährigen Jungen hatten sich zu einen Spiel verabredet. Sie warteten noch ungeduldig auf Bongo, der diesmal den Lederball vom Gerätewart des Sportvereins zu holen hatte, was eine unangenehme Aufgabe war. Der Gerätewart Anton war ein gestrenger großer stattlicher Herr, von dem sich der Abholende immer, im einem strengen Ton verfasste Einweisung, wie mit dem Ball umzugehen sei, und wann er wieder an der Hofstelle zu sein hat. Diese Vorgabe war am schwierigsten zu erfüllen.

„Das hat aber gedauert, Bongo." „Dann kannst du ja das nächste Mal gehen" antwortete der gescholtene zurück. „Okay, dann lass uns wählen" erklärte Wortführer Atze. „ Micki, du und Macka ihr wählt. Piss, Pott ohne Halbe und Spitze" Micki und Macka stellten sich gegenüber auf und setzten abwechselt einen Fuß vor den nächsten, bis kein Fuß mehr dazwischen passte. „Okay, Macka fang an." So wurden die Parteien gebildet. „Wir sind einer zu wenig warf Micki ein, als er keinen mehr wählen konnte. „Klein Oskar, komm her wir brauchen noch einen" rief Atze zu uns herüber, was meinen großen Bruder dazu veranlasste, mich stehen zulassen und sich zu den großen Jungen zu begeben.

So blieb ich allein mit dem dunkelblauen Plastikball. Alleine spielen machte mir keinen Spaß. Ich schlich mich samt Ball hinter das Tor von Berni. Berni wollte immer nur im Tor spielen, laufen war nicht seine Sache, was wohl an seinem Körperumfang lag. Doch aus meiner Sicht, als Erstklässler, war er ein Supertorwart, aber ich kannte zu dem Zeitpunkt auch keinen anderen.

Hinter dem Tor lagen noch ein Stück Kantholz, so hatte ich einen bequemen Sitzplatz. Den Plastikball zwischen den Füssen beobachte ich das Spielgeschehen und ärgerte mich riesig, dass ich nicht mitspielen konnte.

Ich kannte alle Spieler, wenn auch nur wie zu der Zeit üblich, mit ihren Spitznamen. Die Stärken der einzelnen Spieler waren mir geläufig. Neben Berni dem Supertorwart, war da noch Atze mit dem härtsten Schuss, dem schnellen Panda, der manchmal so schnell war, das er den Ball nicht mit bekam, Kalle der nur mit dem linken Fuß schießen konnte, Erchen, der die kürzesten Harken schlagen konnte oder Pille der den Ball niemals mit den Kopf nahm, sondern alles mit dem Fuß erledigte. Es schien als hätte er ein Kugelgelenk in seiner Hüfte. Durch diese Spielweise brachte er seine Frisur, die Elvislocke, nie in Gefahr. Aber auch die anderen 12 Mitspieler waren aus meiner Sicht von 1,20 m Körpergröße, klasse Fußballspieler.

Nach einer Weile verlor ich das Interesse am Spiel und ich schaute mich um. Da waren viele andere Kinder noch zum Schulhof gekommen. Die Mädchen spielten Kriegen oder turnten an der Reckstange. Es war besonders die kleine Erna, mit ihren Zöpfen, die meine Aufmerksamkeit auf sich lenkte. Obwohl sie noch nicht zur Schule ging, erst fünf war, beherrschte sie, wie kein anderes Mädchen die Kunst der Aufschwünge und Felgen. Besonders die von uns „Todesfelge" genannte Übung hatte sie perfekt drauf. Sie lies sich, auf der Reckstange sitzend und mit den Händen festhaltend, nach vorne fallen, um sich dann mit dem nötigen vorwärts Schwung, um die Stange drehend, mit dem Kopf zeitweise nach unten hängend, wieder in die Ausgangsposition zu kommen. Ich habe mich das nie getraut.

„Man ist die Kulle schwer, ganz voll Wasser." Dieser Satz von Berni lenkte meine Aufmerksamkeit wieder auf das Spiel. Da die Mannschaften sehr ausglichen waren, wogte das Spiel hin und her. Meine Frage nach dem Spielstand wurde mit „2:2" vom vorbeilaufenden Macka beantwortet, als er den Ball aus der Gefahrenzone drosch. Doch Panda hatte aufgepasst, schnappte sich den Ball, spielte sich ihn selber vor, überlief Micki und passte den Ball in die Mitte zu dem freistehenden und rufenden Atze. Der nahm den Ball direkt und ab Richtung Tor.

Was sich danach abspielte geschah in Bruchteilen einer Sekunde. Mein Gedanke war „Daneben,", dann ein großer schwarzer Punkt. Einschlag! Ruhe!

Als ich die Augen öffnete lag ich drei Meter weiter entfernt, an dem angrenzenden Gartenzaun. Ein Kreis von 12 staunenden und entsetzten Gesichter schauten auf mich hernieder.

„Er macht die Augen auf". Ein wenig Erleichterung in der Stimme von Macka. Ich selber spürte, dass irgendetwas im Mittelpunkt meines Gesichtes so sehr schmerzte , dass mir ein Tränenstrom aus den Augen lief. „Er blutet" sagte der Absender des Geschosses das mich getroffen hatte, Atze „ was sollen wir tun?" Nun nahm Pille das Heft in die Hand. „ Auf keinen Fall bewegen. Nachher ist etwas mit seinem Hals. Oder er hat einen Schädelbasisbruch". Das Wort hatte ich noch nie gehört. „Dann würde er aber auch aus den Ohren bluten" wandte Micki ein. Pille holte sein benutztes Stofftaschentuch aus der Hose und legte es mir auf die Nase. „Halte es kräftig fest, dann hört es vielleicht auf zu bluten und du klein Oskar hol schnell euren Handwagen". Kaum hatte Pille die Worte ausgesprochen, war mein erschrockener Bruder über den Gartenzaun verschwunden. Pille, der sich zu mir herunter begeben hatte, wurde fürsorglich und wischte mir die Haare von der Stirn. „Alles wird gut". Der um mich herum stehende Kreis von Jungen nickt zustimmend.

Dann kam keuchend mein großer Bruder, klein Oskar, mit dem Handwagen angelaufen. „Zieht hinten das Schab heraus" so der kommandierende Pille. „Vorsichtig beim Hochheben. Und dann langsam mit dem Kopf in den Handwagen legen." alle fassten mit an und platzierten mich so, wie Pille gesagt hatte in den Handwagen.

Atze und Micki an der Deichsel und so eskortierten mich 12 Jungen nach Hause.

„Unsere Mutter kommt gleich" sagte aufgeregt klein Oskar „Wir legen ihn erst einmal auf das Sofa in der guten Stube". Das gesamte Begleitkommando stand vor dem Sofa und wünschte mir gute Besserung. „Ich hoffe alles wird bald wieder gut" sagte Atze mit dem Ton des Bedauerns in seiner Stimme.

Mit einem nassen Waschlappen fuhr mir meine Mutter durch das Gesicht. „Na, das hast du richtig einen auf die Nase bekommen," mit den prüfenden Fingern an der Nase, „aber da ist nichts gebrochen. Wenn du morgen zur Schule gehst ist alles wieder gut."

Liebe Freunde,

die Sonne meint es zur Zeit wirklich gut mit uns, leider spielt bei uns der Wind nicht so recht mit, denn seine Kälte und Intensität machen den Spaziergang in Phasen doch etwas unangenehm. Doch wir müssen vor die Tür, umstellen von Heizungsluft zur frische Luft. Sie die Abwehrkräfte. Auch befreit uns der Spaziergang von der Enge des begrenzten Raumes und gibt ein Gefühl der Freiheit, ist der Horizont so weit und der Himmel so unendlich hoch. Die großen Vorteile des Landlebens.

Das mit dem geplatzten Träume macht wohl zur Zeit jeder mit. Wie sehr haben Brigitte und ich uns auf unseren Kurzurlaub zu Himmelfahrt an die Weinstraße gefreut. Auf der Terrasse der Vinothek zu sitzen, vor uns die rheinische Tiefebene und die blühende Natur um uns herum. Dazu ein Glas des köstlichen Weines und den kulinarischen Leckerbissen des Saumagens mit Bratkartoffeln. Schön was die Traumwelt mit einem machen kann. Wir haben uns entschlossen, diesen Traum im nächsten Jahr wieder zu träumen und dann auch zu verwirklichen.

Die heutige Geschichte hat etwas mit einem geplatzten Traum, dem Trauma des Krieges zu entfliehen. Doch nach dem Erwachen steht ein neuer Traum bereit und dann der und Nächste, der Nächste usw. (Platz 6 im Wettbewerb)

Bleibt gesund!

Bis Donnerstag

Heinfried

PS: Die besten Grüße auch von Brigitte

Rückkehr

1946. Friedrich, der Sohn des Bauern, wird langsam erwachsen. Zum 15. Geburtstag hat er eine lange Hose bekommen und konnte endlich die ungeliebten langen Strümpfe, die an den um den Bauch gebundenen Strumpfhaltern befestigt waren, ablegen. Wie hatte er das im letzten Winter gehasst, auf diese Weise noch herum laufen zu müssen. Die meisten seiner Mitschüler trugen doch schon die langen Hosen.

Diese Art der Kleidung hatte Friedrich so manche Hänselei eingebracht. Jetzt in den Hosen fühlte er sich wie ein Mann, und er hatte bemerkt, dass Mädchen doch nicht blöd waren, sondern etwas Faszinierendes hatten. Gedanken um die Tochter der bei ihnen einquartierten Flüchtlingsfamilie schwirrten ihm täglich und meist in den unpassenden Momenten im Kopf umher.

So war er gestern in Gedanken an sie vertieft, als der Vater ihn im Kuhstall ansprach. Friedrich erschrak so sehr, dass er den Korb mit den Eiern fallen ließ. Das gibt sicher ein heiliges Donnerwetter von der Mutter. Außerdem können nun weniger Weihnachtskekse für die ganze Familie gebacken werden. Sein Vater allerdings zeigte etwas Verständnis. Mit einem Lächeln fand er tadelnde Worte.

Doch nun wollte die Familie fort, um mit den Eltern zu ihrem Onkel nach Kanada auszuwandern. Vor zwei Wochen waren sie mit dem Zug nach Hamburg gefahren, um sich untersuchen zu lassen und alle Formalitäten zu erledigen. Doch die Mutter hatte in weiser Voraussicht den Bauern gebeten, die zwei Zimmer-Wohnung in den nächsten 4 Wochen nicht zu vermieten. Sollte es mit der Ausreise nicht klappen, würden sie gerne zurück kommen.

Da der Vater noch unter seiner schweren Verwundung litt, bekamen sie kein Visum für Kanada und mussten zurück. So brachte sie der Zug zurück und in die Wohnung auf den Bauernhof.

Friedrich erste Mädchenfreundschaft war wieder in der Nähe, und zur Begrüßung hatte er der jungen Dame heimlich ein Stück vom Schinken in der Räucherkammer abgeschnitten und diesen auf sein Butterbrot, das er mit zur Schule genommen hatte, gelegt. Es fiel ihm leicht, auf das Pausenbrot zu verzichten.

Mit der in Butterbrotpapier gewickelten Stulle trafen sie sich heimlich in der Ecke der Scheune, wo sich die Kinder eine heimliche Höhle gebaut hatten. Sie mussten sich immer verstecken, denn beide Elternteile waren gegen die Verbindung zwischen den Einheimischen und den Flüchtlingen.

„Da freue mich, dass du wieder zurück gekommen bist. Deine Eltern fanden das bestimmt nicht so gut. Hier, ich habe dir etwas mit gebracht." Aus dem sonst eher schüchternen und wenig redseligen Friedrich sprudelten die Worte nur so heraus. Er zog aus der Hosentasche die in Butterbrotpapier gewickelte Scheibe Brot mit Schinken hervor.

„Oh, ein Schinkenbrot," erstaunte Blicke warf Waltraud auf die Köstlichkeit in jenen Tagen. „Danke, ich habe einen riesigen Hunger. Heute Morgen haben wir nicht mehr im Lager zu essen bekommen, denn wir reisten ja ab." Waltraud nahm das Brot und biss ein großes Stück davon ab.

Während sich ihre Wangen mit dem im Mund verschwundenen Brot füllten, fühlte Friedrich, wie sein Herz mit hoher Frequenz pochte. Der Gedanke daran trieb ihm die Röte ins Gesicht. „Nun erzähl doch mal: wie war die Fahrt nach Hamburg und das Leben im Lager? Was hast du so alles erlebt in den letzten beiden Wochen?" fragte Hank schnell, damit sie seine Gesichtsröte nicht bemerken sollte.

Es trat eine ganze Weile Schweigen ein, denn Waltraud brauchte einige Zeit um das abgebissene Stück Schinkenbrot zwischen ihren Zähnen zu kleiner herunter schluckbaren Stücken zu verarbeiten. Erst schlucken und dann Luft holen. „Also, das mit dem Zug war eine ganz schöne Fahrt, auch wenn es kaum Sitzplätze gab. Zum Glück haben wir in Uelzen endlich einen Sitzplatz bis Hamburg erwischt. Aber so lange habe ich noch nie in einem Zug gesessen. Und der Mann, der neben mir saß, hat richtig doll nach diesem Entlausungspulver gerochen. Wer weiß wo der herkam.

Papa hat gesagt: „Das war bestimmt ein Jude, so wie der aussah". Aber ich weiß nicht genau, wie ein Jude aussieht. Mutti meinte, es wäre eine Soldat, den man aus der Gefangenschaft entlassen hätte. Doch eine Uniform hat er nicht getragen. Er ist dann mit uns in Veddel ausgestiegen, und irgendwann habe ich ihn dann mit einem feinen Anzug im Auswanderungslager wieder gesehen." erzählte Waltraud, und Friedrich hing an ihren Lippen, um alles über das Leben außerhalb seines Dorfes zu erfahren.

Dann kehrte wieder Ruhe ein, denn Waltraud hatte erneut vom Schinkenbrot abgebissen und brauchte einige Zeit, um den Brocken herunter zu schlucken. „Und, weiter?" fragte Friedrich. „Das Lager war total überfüllt. Du kannst dir gar nicht vorstellen, was für Typen da herum liefen. Darunter waren richtig fiese Gestalten. Und, stell dir vor, da waren unter den Wachtruppen der Amerikaner richtige Neger. Nachts sieht man nur das Weiße ihrer Augen. Und die Handflächen sind ganz weiß. Ich habe mich einmal getraut, einen zu berühren, der hat nicht abgefärbt."

Pause. Der nächste Bissen. „Die Unterkunft war äußerst schlecht. Alles war so eng, und schlafen mussten wir mit tausenden von Menschen in einem großen Raum." „Das waren wohl nur Hunderte," warf Friedrich ein, denn dass alle Einwohner ihres Dorfes in einem Raum schlafen könnten, solch einen großen Raum konnte er sich einfach nicht vorstellen. „Gut, vielleicht habe ich etwas übertrieben, aber auch die Waschräume waren riesengroß, und so richtig sauber waren die auch nicht. Mutti hat sich immer geekelt, wenn sie dort hinein gegangen ist.

Doch unsere Hauptbeschäftigung war warten. Stundenlang haben wir uns in Schlangen anstellen müssen, um irgendwelche Vordrucke zu bekommen, die Papa dann ausfüllen musste. Dann stellten wir uns wieder für die Abgabe an. Mir taten da oft die Füße richtig weh." Der nächste Biss. „ In der Zeit habe ich oft an dich gedacht, und wie schön wir es hier haben."

Bei den Worten wurde Friedrich erneut puterrot. „Ich bin froh, dass es nicht geklappt hat, denn eine Frau hat Mutti erzählt, wie gefährlich diese Überfahrt mit dem Schiff sei, wie sehr man auf alles aufpassen müsse, damit einem nichts gestohlen würde, und Papa ist wirklich noch zu geschwächt, dass er uns gegen alle Unannehmlichkeiten richtig beschützen könnte. Die Frau hat auch gemeint, dass die Amerikaner die Männer, die in der Partei gewesen waren, über Bord schmissen und dann die Frauen vergewaltigten. Da habe ich richtig Angst bekommen, denn Papa war auch Parteimitglied. Doch nun sind wir wieder zurück," sagte Waltraud und mit zwei Bissen war die Scheibe Schinkenbrot verschwunden.

Friedrichs Gedanken waren noch tief in dem Erlebnisbericht von Waltraud verstrickt, als diese eine Bewegung auf ihn zu machte. Sie nahm ihn in den Arm, drückte ihre Lippen auf die seinen und sprang auf. Dies alles ging für Friedrich rasend schnell, sodass seine Gedanken Karussell fuhren. „Wunderschön, dass wir wieder zusammen sind," sprach Waltraud und verschwand über die Leiter nach unten in die Scheune und von dort in das Haus. Friedrich blieb wie versteinert und überwältigt von der Situation und dem Erlebten sitzen. „Ich bin total verliebt," schoss es ihm durch den Kopf.

Liebe Freunde,

wir hoffen, dass ihr alle, so wie wir, gesund und munter seit. Gestern haben wir unseren Spaziergang etwas verlängert, von 40 auf 90 Minuten. Die Frühlingsboten sieht man nun überall. Es ist so ein wunderbares Gefühl, das dieser Basstat von Virus unserer einmaligen Natur nichts anhaben kann. Jede frühe Blüte steht für Leben und zeigt ihn damit eine lange Nase. Die Bäume können es kaum erwarten ihre Blätterpracht zu entfalten, um damit die Blüten zu unterstützen. Auch hilft uns glaub ich in dieser Phase auch der Sonnenschein. Ich weiß nicht ob nicht viele Menschen schon ein Lagerkoller bekommen hätte, wenn unser Land unter Dauerregen stöhnen würde. Aber das hat wohl etwas mit ausgleichender Gerechtigkeit zu tun.

Ich hoffe ich bin nicht zu sehr in das Philosophische abgedriftet. Doch in dieser Zeit arbeitet der Kopf viel mehr als früher in diese Richtung, jedenfalls bei mir.

Zur heutigen Geschichte:
Eigentlich habe ich mich lange dagegen gesträubt auf diesen Zug aufzuspringen, Krimis. Nach meiner Meinung sind unsere Medien schon viel zu sehr damit infiziert. Unbeschreiblich viele Menschen sterben täglich dem Filmtod. In meinen ganze

Leben von 66 Jahren , bin ich von solchen Ereignissen verschont geblieben und möchte es auch gern bleiben. Da frage ich mich, was diese Flut von Krimis mit der Realität zu tun hat? In meinen „Krimi" fließt auch Blut, ein Tropfen.

Bleibt gesund!

Bis Samstag, Sportschauzeit

Heinfried

Fliegenmord?

Ein fantastischer Donnerstag, dieser fünfte Tag unseres 3. Seniorenurlaubes auf der dänischen Insel Fano. Strahlender Sonnenschein, die Temperatur 10 °C, kaum Wind und das Meer platt wie ein Bügelbrett. Nur einige Wellen schleppten sich erschöpft, geräuschlos und klein an den Strand. Das war außergewöhnlich für einen 24. November.

Wir genossen diese herrlichen Morgenstunden unseres Aufenthalts am Nordseestrand. Während Rolf seinem Bernsteinfieber nachging, folgte Werner seiner „Marsch – App" und marschierte flotten Schrittes der Wasserkante entlang.

Fritz und ich stiegen auf den Pelleberg, um die fantastische Fernsicht bei dieser klaren Luft zu genießen. Danach folgten auch wir der Wasserkante.

Der Badesteg 15 war unser Ausstiegstor vom Strand. Noch ein paar Schritte und nach fast 180 Minuten frischer Seeluft waren wir wieder alle zurück in unserem Ferienhaus.

Unser „Smutche" Werner hatte wieder ein wunderbares Mittagessen für uns zubereitet. Frische Scholle mit Kartoffeln, grüne Bohnen und ausgelassene Butter war unsere genussvolle Mahlzeit. Zum Nachtisch gab es den leckeren Klöver Joghurt Peach Melber.

Nun hatten wir und unsere arbeitenden Mägen, die Mittagspause wohlverdiente.

Rolf begab sich in sei Schlafzimmer, um über das Lesen in einem Buch zu seinem Nickerchen zu kommen.

Fritz hatte noch schnell ein Brikett auf den Ofen geworfen, um sich dann ausgiebig dem Sportteil der BILD - Zeitung zu widmen.

Ich hatte meinen Bleistift und das Sudoku – Heft, dem ich seit diesem Urlaub ein wenig verfallen war, zum lösen der Seite 28 in die Hand genommen. Das Radiergummi lag einsatzbereit auf dem Stubentisch.

Werner werkelte noch ein wenig in der Küche herum. Das benutzte Geschirr hatte er im Geschirrspüler verstaut. Fritz und ich hörte ihn nur ab und zu ihn ein wenig fluchen. „ Hau ab, du Mistvieh". „Man verschwinde hier aus der Küche"

Diese ruhige Atmosphäre der Mittagsruhe wurde auf einmal durch das laute Geräusch aus der Küche vom einem bersten Glas unterbrochen. Wir schreckten hoch.

Fritz und ich sprangen auf. Rolf kam schon etwas verschlafen aus dem Schlafzimmer. So fanden wir uns in der Küche ein, wo Werner mit einem Geschirrtuch in der Hand wie angewurzelt stand.

„Da habe ich das große Rotweinglas, das nicht in den Geschirrspüler passte, von der Arbeitsplatte gehauen." Alles war so weit gut, bis wir zwischen all den Scherben, die weit verstreut am Boden lagen, eine tote Fliege sahen. Es fiel, wer auch immer es sagte konnten wir leider nicht mehr genau eruieren, „Fliegenmörder"

„Das kann nicht sein, ich habe nur die Arbeitsplatte abwischt", kam die Erklärung von Werner zu seiner Verteidigung.

Da der Vorwurf des Fliegenmordes im Raum stand, wurde die weitere Vorgehensweise beratschlagt. „Zuerst müssen wir das Opfer sichern. Erich, hol eine Streichholzschachtel und ein Papiertaschentuch" mit diesen Worten nahm Rolf die Sache in die Hand. Ich führte den Auftrag umgehend aus.

Bevor der Fliegenleichnahm geborgen wurde, macht Fritz mit seinem Handy noch ein paar Aufnahmen vom Tatort.

Wir werden eine Brief auf setzen und Professor Boerner bitten, die tote Fliege für eine gerichtsmedizinische Untersuchung in Münster zu unterziehen. Danach sehen wir, welche weiteren Schritte eingeleitet werden müssen. Der Vorgehensweise stimmte auch der Verdächtigte Werner zu. Gesagt getan.

Nachdem wir eine Woche wieder zu Hause waren, kam ein Antwortschreiben vom der Gerichtsmedizin Münster mit dem folgenden Wortlaut:

Sehr geehrter Herr Suerk,

auf Grund der schwerwiegenden Anschuldigung des Fliegenmordes haben wir uns unverzüglich an die Untersuchung gemacht.

Meine Assistentin Dr. Alberich, Spezialist für Kleintiermorddelikte, führte die gerichtsmedizinische Untersuchung durch.

Das Ergebnis wurde von mir nach wissenschaftlichen Aspekten überprüft.

Wir kommen zu den folgenden Ergebnis:

Ein Fliegenmord kann nicht bestätigt werden. Der Verdächtige Werner Suerk ist unschuldig.

Begründung:

Der Leichnam der Fliege zeigte keinerlei Hämatome oder Brüche auf, die auf eine Schlagwirkung schließen lassen.

Todesursache ist die Schnittverletzung der Halsschlagader.

Leider kann nicht genau geklärt werden ob, es sich um einen Unfall oder Suizid handelt.

Es gibt da eine unterschiedliche Auffassung zwischen mir und meiner Assistentin Dr. Albrich über die Fluggeschwindigkeit und dem Einflugwinkel mit der das Opfer mit der Glasscherbe kollidierte.

Durch dieses Ergebnis brauchen wir die Staatsanwaltschaft von Frau Wilhelmine Klemm, sowie Hauptkommissar Frank Thiel nicht zu kontaktieren.

Hochachtungsvoll

Professor Karl-Friedrich Boener

Liebe Freunde,

Samstagabend, 18:00 Uhr Sportschauzeit. Nachdem sich früher 100.000 Fans auf den Heimweg aus dem Fußball - Stadion begaben, voller Glückseligkeit, Niedergeschlagenheit oder Unschlüssigkeit, saßen nun Millionen vor den Apparaten mit drückenden Daumen für ihren Lieblingsverein. Viele hatten sich extra dafür präpariert, ihr Trikot oder T-Shirt angezogen. Was für eine große Fußball Bewegung. Das Spiel mit dem runden Ball, war das Spiel, was die Nation emotional bewegte. Alles das ist nun heruntergefahren. Die Hardcourt - Fans sind ein tiefes Loch der Ratlosigkeit gefallen. Der ganze Lebensmittelpunkt ist weggebrochen. Aber auch die Fans wie ihr und ich vermissen doch etwas. Keine Gespräche über vergebene Chancen, Abwehrfehler und strittig Schiedsrichter- entscheidungen. Aber auch auf lokaler Ebene ist Stillstand. Wenn man auf den Sportplatz geht, gähnende Leere. Eine schöne Wiese, die ungeduldig auf Stollenschuhe wartet, liegt vor einem.

Ich habe gedacht, da ist meine Fußball Fangeschichte ein kleiner Ersatz für einen Samstag ist. Da es meine Geschichte ist, seit mir nicht böse, dass ich die vielen Fans anderer Vereine nicht bedacht habe. Ich glaube aber, dass jeder von euch so seinen eigenen Einstieg als Fan für seinen Verein hat.

Sich daran zu erinnern, nach dem ihr die Geschichte gelesen habt, wünsche ich euch, denn ich bin mir sicher das dieses positive Gedanken in euch auslösen. Möge der Fußball nach dieser Zwangspause von seiner Überdrehtheit zu dem Wurzeln zurück finden. Ein faires Spiel, Respekt für den Gegner/Schiedsrichter und die Akzeptanz, dass das bessere Team gewinnt und vielleicht auch einmal die glücklichere Mannschaft, sowie das der Kommerz an die zweite Stelle zurück steht.

Ich bitte alle nicht Fußball - Fans um Verständnis und die nötige Toleranz, das sich meine Gedanken heute um den Fußball drehen.

Bleibt gesund!

Heinfried

Endspiel

1960 In unserem 900 – Seelenort hatten wir damals fünf Gasthöfe. Sie lebten aber nicht von der Gastronomie, sondern standen auf zwei Beinen. Eine kleinere Landwirtschaft, Bahnhofsvorsteher oder Kohlenhändler waren ihr Nebenerwerb, je nach Sichtweise.

Abgesehen von der Bahnhofgaststätte, nannten sich alle Gaststätten traditionell nach ihrem Familiennamen. So hatten wir die Gasthöfe Link, Beck, Zwist und Himmel. Der zuletzt genannte Gasthof war der größte, beliebteste im Ort, mit einem Saal und Kegelbahn. Doch das Wertvollste war der Namen, besonders für die Herren im Ort.

So gingen sie nach dem Gottesdienst zum Frühschoppen in den „Himmel", oder kamen nach dem Dämmerschoppen verspätet und angeschlagen aus dem „Himmel". Es gab halt nur himmlische Getränke, ob Bier oder Schnaps. So hatte man viele weitere geflügelte Worte unter den Einwohnern. Sie tanzten im „Himmel", oder schoben dort eine ruhige Kugel. Selbst das mobile Kino fand am Samstag in dem Saal des „Himmels" statt. Als neuste Errungenschaft zog ein Fernseher in das Klubzimmer des „Himmels" ein.

An dem heißen Nachmittag am Samstag, den 25. Juni war der Fernsehapparat das Ziel von meinem Bruder und mir, den kleinen Abgebrochenen, sechs und acht Jahre alt. Wir, mehr mein großer Bruder, genannt „Klein Oskar", hatten dafür einen Plan ausgeheckt.

Kurz nach dem Mittagessen, unser Vater hatte sich zur Ruhe auf der Liege in der Küche zu einem Nickerchen hingelegt, als wir auf leisen Sohlen das Haus verließen.

Unter dem großen Schild „Gasthof Himmel" gingen wir hindurch. Doch wir nahmen nicht den direkten Weg zwischen Saal zur linken und der Kegelbahn gegenüber, sondern bogen scharf rechts ab unter dem Fliederbusch vor der Kegelbahn.

Dieser Fliederbusch war wohl im Ort die bekannteste Treffpunkt - Höhle, über Generationen für die Kinder des Dorfes.

Hier beratschlagten wir noch einmal. Zunächst benötigten wir zwei längere Stöcke, damit wir die hohen Brennnesseln, die zwischen der Kegelbahn und dem Zaun des angrenzenden Grundstückes, nieder fechten konnten.

Nach der ritterlichen Leistung erreichten wir mit unseren kurzen Hosen, leicht verwundet (Brennnessel - Pusteln), das kleine, nie richtig verschlossene Fenster der Kegelbahn. Leider erklimmten wir nur mit den Fingerspitzen den Fenstersims.

Da die Räuberleiter nur einen von uns geholfen hätte, mussten wir die Mauersteine herbei schaffen. Eigentlich dienten sie als Sitzgelegenheit für die Kinder unter dem Fliederbusch, doch wir benötigten sie für einen Tritt.

Geschafft. Mit einem kräftigen Stoß hatte klein Oskar das Fenster aufbekommen. Ich folgte ihm, nachdem ich meinen Hintern hoch und durch das offene Fenster gebracht hatte auf die mir bis dahin unbekannte Kegelbahn.

Durch das Fenster, das wir wieder notdürftig verschlossen hatten, fiel nur wenig Licht in den Raum und wir schauten in einen scheinbar langen Tunnel, der immer dunkler wurde. Doch mein Bruder kannte sich vom Kegelaufstellen hier ganz gut aus.

Wir zogen die Schuhe aus und bewegten uns so leise wir konnten, an der Wand entlang in die Dunkelheit. Bloß keine Geräusche verursachen. Bei jedem Knarren einer Bohle hielten wir inne, lauschten kurz und weiter ging es. Nur schemenhaft waren die Kugeln zu erkennen, an denen wir vorbei kamen, um zur der Tür des Klubzimmers zu kommen.

Wir knieten auf dem Boden. Klein Oskar streckte seine Hand nach oben aus und umfasste den Türgriff zum Klubzimmer. Da waren wir kurz vor dem Ziel. Langsam und geräuschlos drückte er den Griff nach unten, und öffnete vorsichtig die Tür nur einen Spalt weit.

Der Plan war aufgegangen, denn es war noch dunkel im Klubraum. Wir huschten hinein. Tür wieder zu. Auf allen Vieren ertasteten wir uns den Weg unter dem großen runden Tisch. Von da aus unter die Eckbank. Wir schnaubten durch und wischten uns den Schweiß von der Stirn, den die Angst und die Hitze dort hingetrieben hatte.

Nach einer für uns stundenlangen, regungslosen Warterei, öffnete sich die Tür zur Gaststube. Mit dem Rauch von Zigarren, Zigaretten, Pfeifen sowie dem Biergeruch, betrat auch der Wirt Gustav Himmel den Raum. Ihn folgten weitere acht Personen, denn wir zählten 16 Füße. Sie platzierten sich um den Tisch herum und der Wirt schaltete den Fernseher ein.

„Ich glaube die Hamburger haben heute keine Chance. Der 1. FC Köln ist einfach zur stark, mit Schäfer und Rahn und dem jungen Thielen" gab Gustav Himmel seine Meinung kund. „Ich halte dagegen. Wir haben die bessere Mannschaft und Uwe Seeler. Bring die erste Runde Bier, der Verlierer bezahlt am Ende des Spiels", das war die Stimme von Huber unserem Nachbarn, meinem Fußballidol. „Abgemacht".

„Wir schalten jetzt um zur Direktübertragung in das Frankfurter Waldstadion" hörten wir eine Frauenstimme sagen. Über unseren Köpfen diskutierten die Männer noch über den Ausgang des Spieles, da krabbelten wir langsam und vorsichtig unter der Eckbank hervor. Wie kleine Schlangen, nur niemanden berühren, bahnten wir uns unseren Weg nach vorn. An der Stelle wo kein Stuhl stand fanden wir unseren Platz am Ende des Tisches auf dem Fußboden. Wir hatten von dort einen wunderbaren Blick auf den etwas höherstehenden Fernseher.

Es überraschte mich, dass das Waldstadion in Frankfurt so viel anders aussah, als das von unserem Verein. Auch hatte ich noch nicht so viele Menschen gesehen, der Reporter sprach von 71.000. Ich wusste nicht wie viel Hände voll das wohl waren, hatte ich doch gerade seit Ostern mit dem Zählen und Rechnen in der Schule begonnen.

Die jungen Männer im Raum gingen bei dem Spiel richtig mit. Neben dem vielen Bier das immer wieder nachbestellt, die Zigaretten die angesteckt wurden, gab oft ein A und O. Viele Situation wurden kommentiert. „Hast du das gesehen?" „ Der kann doch gar nichts."

„Ist der denn blind? Spielt den Ball genau zum Gegner." „ Der Rahn ist doch viel zu alt, der Werner läuft dem doch glatt davon." „"Uhh... war der knapp vorbei." Es war richtig Leben im Klubzimmer.

Auch ich konnte mich der Faszination des Spieles nicht entziehen und wurde immer nervöser. Das lag auch daran, dass ich sehr schnell meine Sympathien vergeben hatte. Ich hielt zu erst zu Uwe Seeler und dann zum HSV.

Zur Pause stand es 0:0. Der Raum leerte sich zur Pause schlagartig. „Die müssen alle pinkeln, weil sie wohl zu viel Bier getrunken haben" kommentierte klein Oskar die Lage. Nach und nach kamen die jungen Männer zurück. „Gilt die Wette noch, Gustav?" „Ein Mann ein Wort. Der 1. FC ist auf einem guten Weg."

„1:0 für Köln durch Brauer in der 53. Minute " verkündete der Mann aus dem Fernseher, der sich irgendwo für mich versteckt haben musste. Doch der Jubel bei dem Wirt war noch nicht verklungen, da meldete sich der Herr wieder. „Ausgleich zum 1:1 durch Seeler." Da klopfte mein Herz. „Mein Uwe Seeler hat ein Tor geschlossen," freute ich mich laut in mich hinein.

„Noch 10 Minuten" vermeldete der Herr aus dem Apparat. „2:1 für den HSV durch Linksaußen Gert Dörfel," war der unsichtbare Herr wieder zu hören „nach 81 Minuten." Große Freude in mir und ich hätte fast laut los geschrienen, doch mein großer Bruder bekam rechtzeitig seine Hand vor meinem Mund.

„Wir schaffen noch den Ausgleich und Schäfer schießt in der Schlussminute noch den Siegestreffer," so die Prognose von Gustav Himmel. „Das bringen wir noch über die Zeit" antwortet Huber. Die Stimme klang schon etwas undeutlicher, wurde doch auch in der 2. Halbzeit weiter dieses „himmlische Bier getrunken.

„Was habe ich dir gesagt, Huber?" Das 2:2 war gefallen durch Müller behauptete der unsichtbare Mann. Doch dann meinte es das Fußballschicksal anders, als der Wirt prophezeit hatte. Eine Minute nach dem 2:2 kam „mein" Uwe Seeler wieder ins Spiel. „Abstauber Seeler und die erneute Führung von HSV zum 3:2" so der große Unbekannte mit lauter Stimme.

„Das Spiel ist aus. Die Deutscher Meisterschaft in der Saison 1959/1960 geht an in den Norden, an den Hamburger Sportverein. Zeitgleich gab es ein großes Klirren. Huber war aufgesprungen und hatte vor Begeisterung die Arme nach oben gerissen und dabei, wegen fehlender Koordination mehrere, noch auf den Tisch stehend Gläser umgestoßen und das Bier tropfte vom Tisch herab auf unsere Füße.

„Gute Gelegenheit. Schnell weg. Dann brauchen wir nicht zurück über die Kegelbahn," entschied Klein Oskar.

Geschmeidig wie zwei Katzen manövrierten wir uns durch das kurzzeitig entstandene Chaos an den Erwachsenen vorbei durch die Gaststube zur Ausgangstür.

Ich war stolz ohne Ende. Mein „Uwe", ich duzte ihn inzwischen und der HSV sind die besten von ganz Deutschland in diesem Jahr. Was für ein bleibendes Erlebnis.

Einmal HSV, immer HSV. Das gilt bis heute, und wie bei einer anderen Verbindung fürs Leben, wie in Guten so auch in schlechten Zeiten.

Liebe Freunde,

ich hoffe ihr habt den Verlust durch den "Massendiebstahl" gut hinter euch gebracht. Wir haben so fest geschlafen, dass wir das Abhandenkommen einfach nicht mitbekamen. Das Verschwinden bemerkten wir erst, als wir nachdem Aufwachen auf die Uhr schauten. Einfach eine Stunde weg, einfach so. Unbeschreiblich. Wir hoffen sehr, dass dieser Diebstahl bei euch nicht all zu schmerzlich ist. Leider weiß ich nicht, wie und wo die Schmerzen sich bemerkbar machen bei einer Biorhythmusstörung. Ich habe gehört, dass Rentner nur leichte Symptome haben.

Nun haben wir alle gemeinsam, die erste Woche der Kontaktsperre gemeinsam überstanden. Wir hoffen ihr seit alle wohlauf, so wie wir.

Nun gilt es auch von meiner Seite mich bei euch für die vielen netten Worte per Email, am Telefon oder bei Begegnungen, mit der nötigen Distanz zu gerufenen, bedanken. Ein wunderbares Gefühl, dass ihr da in mir erzeugt von Wärme, Nähe und Verbundenheit. Danke!!!!!

Die heutige Geschichte bitte langsam und in aller Ruhe lesen. Wenn es euch möglich ist, bei einem Ostfriesentee mit große Kluntjes,

Sahne für die Wölkchen und ein kleines Stück Teegebäck. Nicht vergessen, bitte <u>nicht</u> umrühren! Dann habt ihr bestimmt die Ruhe und ihr könnt die Geschichte genießen. Viel Spaß beim Trinken und Lesen.

Bleibt gesund
Heinfried

Mudder

Eine redselige Unterhaltung der Brüder, Hein und Piet, in der Gaststätte „Haifischbar" in Greetsiel.

Hein: **Moin**

Piet: **Moin**

Hein: **Herrengedeck?**

Piet: **Joh**

Hein: **2 Herrengedeck**

Hein: **Was geht?**

Piet: **Geht**

Hein: **und Geschenk?**

Piet: **Für mich?**

Hein: **Nee**

Piet: **Für wenn?**

Hein: **Mudder**

Piet: **Ach ja, 77**

Hein: **und?**

Piet: **Weiß nicht**

Hein: **Hab schon!**

Piet: **Was?**

Hein: **Karte**

Piet: **Land?**

Hein: **Theater**

Piet: **In Emden?**

Hein: **Nee, Ohnsorg**

Piet: **In Hamburg?**

Hein: **Joh!**

Piet: **Wann?**

Hein: **In 4 Wochen.**

Piet: **Joh**

Hein: **Krabben?**

Piet: **Schlecht**

Hein: **Wind?**

Piet: **Steife Brise**

Hein: **Morgen auch?**

Piet: **Wahrscheinlich**

Hein: **Wann wieder?**

Piet: **Montag**

Hein: **Viel Glück!**

Piet: **Eine Idee!**

Hein: **Was?**

Piet: **Geschenk**

Hein: **Für wenn?**

Piet: **Mudder**

Hein: **So schnell?**

Piet: **Joh**

Hein: **Was?**

Piet: **Karte**

Hein: **Land?**

Piet: **Nee, Fahr**

Hein: **Wo für ?**

Piet: **Zug**

Hein: **Wann?**

Piet: **In 4 Wochen**

Hein: **Wohin?**

Piet: **Emden, Bremen,**

Hamburg

Hein: **……..Ahh, perfekt!**

Piet: **Zusammen einpacken?**

Hein: **Was?**

Piet: **Die Karten!**

Hein: **Joh**

Piet: **Bunten Umschlag?**

Hein: **Gut**

Piet: **Mit Karte?**

Hein: **Wofür?**

Piet: **Geburtstag!**

Hein: **Du?**

Piet: **Nee du!**

Hein: **Joh**

                           Piet: **Noch enn?**

Hein: **Joh**

                           Piet: **Herrengedeck?**

Hein: **Einer geht!**

                           Piet: **Danke!**

Hein: **Wofür?**

                           Piet: **Für den Tip**

Hein: **Da nicht für!**

                           Piet: **Prost**

Hein: **Nich lang schnacken**

                           Piet: **Kopp in'n Nacken**

             Hein und Piet: **Und Tschüß**

01. April 2020

Liebe Freunde,

so wie es aussieht, wird das Osterfest in diesem Jahr ganz bestimmt anders begangen, als wie wir es kennen. Enkelkinder, die den Hof nach Osternester durchforsten, wird es zu unserem Bedauern leider wohl nicht geben. Doch habe ich heute eine Vorhersage gehört, dass das Wetter sehr gut werden soll. Dann hinaus in die Gartenstühle, Strandkörbe oder Liegen, eine Tasse Kaffee oder ein kühles Getränk in der Hand, an einem windgeschützten Plätzchen die Sonne genießen, bevor sie wieder so heiß wird, wie im letzten Sommer. Leider können wir uns nicht an den Osterglocken erfreuen. Bei uns haben sie sich nach den letzten drei Nachtfrösten hingelegt. Ob sie sich bis Ostern wieder erheben bin ich skeptisch. Dafür tippe ich aber auf eine Tulpenblüte zu Ostern. Also genießen wir die Vorfreude auf das Osterfest und den Schokoladenosterhasen, den wir diesmal,nicht die Enkelkinder, genüsslich verdrücken können.

Bei der heutigen Geschichte habe ich kurzfristig umdisponiert. Inspiriert durch unseren Waldspaziergang heute morgen und dem Hören der Tabaluga CD gestern, ist mir diese Idee der Geschichte gekommen. Dabei klang mir die Zeile von Peter Maffay im Ohr: Ich wollte nie erwachsen sein .....

Gemeinsam gegen einen scheinbar übermächtigen Konkurrenten.

Bleibt gesund!

Heinfried

Der kleine Drache
Mijar
und die
Feuerameise
Nolo

H

K

Dornenvögel mögen keine Feuerameisen

„Hurra, endlich !" rief der Minidrachen Mijar seiner Mutter zu und warf seinen Ranzen durch die offene Tür in sein Zimmer. „Nun kann ich die Umgebung unserer neuen Wohnung erkunden." „Moment, nicht so schnell junger Springinsfeld" sagte die Mutter mit einer gewissen Strenge in der Stimme. „Erst Hände waschen und dann Mittagessen. Danach kannst du die Nase vor die Tür stecken." Etwas missmutig folgte Mijar der Anweisung zum Hände waschen". „Die werden doch sowieso gleich wieder schmutzig, wenn ich nach draußen gehe", wand Mijar ein und setzte sich auf den Stuhl. „Ich habe extra Pfannkuchen gebacken, dein Lieblingsgericht". Der junge Minidrachen schlang den Pfannkuchen nur so herunter. „Noch einen zweiten?" wollte die Mutter wissen. Mijar schüttelte den Kopf, hatte er doch noch einen vollen Mund. Er wackelte ungeduldig auf dem Stuhl hin und her. „Na, dann geht schon an die frische Luft" die Stimme der Mutter schlug in den warnenden Modus um, „Sei vorsichtig, geh nicht zu tief in den Wald. Behalte immer unsere Wohnung im Auge." „Aber klar Mama". Mit einem Kuss auf die Wange und der roten Mütze auf den Kopf, sprang Mijar durch die Tür an die frische Luft.

Den frischen Geruch des Waldbodens, nach dem Regenschauer, atmete er tief ein. Er konnte nicht genug davon kriegen. Über all auf dem Boden hatten die Regentropfen kleine und große Pfützen hinterlassen. Mijar ließ keine aus und sprang in jede hinein, dass es nur so spritzte. Dabei sang er sein Lieblingslied von dem feuerspeienden Drachenheld, der mutig und tapfer war. Doch plötzlich nahm er ein unbekanntes Geräusch wahr. Was war das? Er erschrak, schaute sich um und konnte leider ihre neue Wohnung, die sich in einem umgestürzten Baumstamm befand, nicht mehr sehen. Schnell hinter die große Eichel und schon hatte er sich versteckt. „Doch was war das? Ein Stock mit eins, zwei , drei, vier, fünf, sechs Beinen. Das habe ich noch nie gesehen," ging es dem jungen Minidrachen durch den Kopf. Mijar dachte an den Drachenheld, nahm allen Mut zusammen und sprang aus seinem Versteck hervor. „Halt wer bist du, du laufender Stock?" Unter dem Stock schaute ein kleiner Kopf hervor. „Ich bin Nolo, die kleine Feuerameise". „Mein Papa hat mir aber erzählt, dass die Ameisen immer in großen Gruppen auftreten, aber du bist allein?" „Es ist heute mein erster Arbeitstag in der Stocktransportabteilung. Da habe ich einmal nicht richtig auf gepasst und bin falsch abgebogen. So habe ich meine Truppe verloren. Hast du sie vielleicht gesehen und wer bist du eigentlich?" wollte nun die Feuerameise Nolo wissen. „Ich heiße Mijar und bin einer der seltenen Minidrachen. Wir wohnen in.." Mijar schaute sich um, streckte seinen Arm aus „in diese Richtung, ungefähr". „Kannst du mir suchen helfen, meinen Ameisenhaufen wieder zu finden, denn alleine bin ich verloren. „Ich muss aber vor dem dunkel werden wieder zu Hause sein" warf der kleine Minidrachen ein. „Aber noch habe ich etwas Zeit und vier Augen sehen mehr als zwei." So marschierten die beiden weiter, bis sie vor einem riesigen Pfützensee standen. „Ich habe von dem Schleppen des Stockes richtig Durst bekommen" sagte Nolo und legte den Stock ab. Dann nahm er einen riesigen Schluck Wasser aus dem See. „Oh, das tut gut." Auch Mijar nahm eine Erfrischung. „Und nun" wollte er wissen, „links oder rechts rum?" „Okay, rechts entlang" entgegnete Nolo, warf den Stock auf seinen Rücken. Mijar war erstaunt. „Ist der nicht schwer?" „Ich kann, dreimal soviel Gewicht tragen wie ich selber wiege." „Dann müsste ich ja Mama und Papa zusammen hochheben können. Das schaffe ich nie. Außerdem ist Papa viel zu dick." stellte der kleine Minidrache nach einiger Zeit der Überlegung fest. So liefen sie weiter um den Pfützensee herum, bis ihnen das hohe Gras den Weg zu versperren drohte. „Ganz dicht an der Wasserkante entlang" bestimme Nolo. „Wenn es zu tief wird, können wir den Stock als Boot benutzen." „Super Idee, denn wir lernen erst nach den Ferien Schwimmen in der Schule," sagte Mijar und stolzierte munter draus los.

„Bleib stehen, ich glaub jetzt wird es bedrohlich für mich."
Ängstlich zeigte Nolo in die Richtung aus der sich ein großer
dunkler Schatten näherte . „Das ist ein Dornenvogel und vor
denen soll ich mich verstecken, denn das sind Feinde die uns
fressen." Nolo schlotterte am ganzen Körper. „Das ist doch nur
einer und wir sind zu Zweit, also ein Gehirn mehr. Da fällt uns
bestimmt etwas ein. Ich habe da schon eine Idee. Du hast den
Stock und ich kann Feuer speien. Damit werden wir ihn
vertreiben, wenn wir unseren ganzen Mut zusammennehmen,"
sprach Mijar mit der Überzeugung, aus dieser Gefahrenlage
heraus zu kommen.

Mijar und Nolo hatten sich im Gras ganz klein gemacht, doch
der gefräßige Schnabel des Dornenvogels kam immer näher.
Die beiden begannen vor Aufregung zu schwitzen. Da war er
der Dornenvogel. Seine guten Augen hatten Nolo, die
Feuerameise entdeckt. Er öffnete seinen Schnabel und kam
immer dichter. „Los jetzt" rief Mijar. Nolo warf den Stock in den
Schnabel und Mijar spuckte sofort einen riesigen Feuerstrahl
hinterher. Der Stock stand in Flammen und der Dornenvogel
stieß einen lauten Schrei aus und hob ab. „Der hat sich den
Schnabel aber ordentlich verbrannt" frohlockten die beiden
und lagen sich in den Armen. An der anderen Seite des
Pfützensees hatte sich der Dornenvogel niedergelassen und
kühlte unentwegt seinen Schnabel.

Mijar und Nolo liefen schnurstracks in eine Richtung davon. Nach einer Weile blieben sie stehen um Atem zu holen. „Schau mal, da drüben läuft meine Truppe mit den Stöcken. Jetzt muss ich mir nur noch schnell einen suchen , damit es nicht auffällt, dass ich aus der Reihe getanzt bin." „Dahinten ist unsere Wohnung" sagte Mijar, als er den Baumstamm entdeckte. „Wenn du wieder einmal vorbei kommst oder ich euren Weg kreuze, können wir uns wieder treffen, Nolo". „Das ist eine gute Idee Mijar". Die beiden Freunde nahmen sich in die Arme, drückten sich und dann lief jeder so schnell er konnte nach Hause.

Es dauerte einige Zeit, bis der redselige Dornenvogel seine Stimme wieder gefunden hatte. Dann erzählte er allen Bewohnern im Wald das man Feuerameisen nicht essen kann, denn daran verbrennt man sich ganz gehörig den Schnabel.

Liebe Freunde,

heute versuche ich konzentrierter zu agieren, damit ich nicht eure Postfächer mit einer weiteren unnötigen Email belaste. Eigentlich hat der Wetterbericht „Schietwetter" für heute vorhergesagt, darum haben wir unseren Spaziergang schon in die Morgenstunden verlegt. Doch bis jetzt trifft die Vorhersage auf Eldingen nicht zu. Sicher schiebt sich die eine oder andere Wolke vor die Sonne, aber der Sonnenschein überwiegt. Damit ist meine Aussage, als positiv denkender Mensch, doch nicht so abwegig. „Was Californien für die USA, ist der Raum Eldingen für Deutschland". Ich weiß ein wenig übertrieben, aber in jeder Aussage steckt auch ein Stück Wahrheit. Meine lange, verwachsene und positive Verbundenheit mit diesem Landstrich, ist nicht unschuldig an dieser „Weisheit".

Das ich mich nun schon mit dem Wetter beschäftige, hat wahrscheinlich mit der Gewöhnung an die eigentlich doch außergewöhnliche Situation, in der wir uns alle befinden zu tun. So ist am Montag das erste 2 – stündige Rasenmähen fest in meinem Tagesplan verankert. Ich weiß einige sind schon eine Stufe weiter, aber nach dem zweiten Schnitt soll man erst vertikutieren (Aussage des Gärtnermeisters in der Sendung „Schnittgut").

Zu meiner heutigen Geschichte, die auf einen unvergessenen und eindrucksvollen Urlaub aus dem Herbst 2004 zurück geht, habe ich etwas Optisches beigefügt. Meine große US – Schwester Marilyn und ihr Mann Billy hatten bei einer Lotterie ihrer Kirchengemeinde den 1. Preis, eine Urlaubsreise, gewonnen. Sie haben uns mitgenommen, war der Preis doch für 4 Personen ausgelegt.

Bleibt gesund!

Heinfried

Nantucket

Nantucket

Nantucket ist eine etwa 125 Quadratkilometer große Insel des Bundesstaates Massachusetts der USA. Ihr Name stammt aus einer Indianersprache und bedeutet in etwa „das weit entfernte Land". Sie liegt südlich von der Halbinsel Cape Cod und östlich von der Insel Martha's Vineyard, dem Wohnsitz der Kennedys, vor der Nordost-Küste der Vereinigten Staaten.

Vor der „Entdeckung" 1602 durch den englischen Kapitän Bartholomew Gosnold war Nantucket von zirka 3000 Indianern des Stamms der Wampanoag bevölkert. Heute hat die Insel gut 10.000 meist wohlhabende Einwohner, mit dem höchsten Pro-Kopf-Einkommen in Massachusetts

Rückkehr von Nantucket

Sie hatten es geschafft einen Sitzplatz auf der 12 Uhr - Fähre von Nantucket nach Hyannis - Port zu bekommen. Der Himmel sog sich langsam zu und der Wind frischte auf. Nachdem das Schiff abgelegt hatte und langsam Fahrt auf nahm, verflog auch die Unruhe, die von den umher hasteten Menschen verursacht wurde. Jeder begann sich zu entspannen.

Hank schloss die Augen, lehnte den Kopf gegen die kühle Scheibe und dachte über die Erlebnisse der letzten Woche nach.

Als Erstes kamen Hank der Spaziergang, bei herrlichem Sonnenschein, mit Sunny durch die kleinen Galerien im Hafen in den Sinn. Das Wasser lag wie ein ruhiger Spiegel da, in dem man das Ebenbild der Holzhütten klar und deutlich erkennen konnte. Die lustige Idee von Sunny, Fotos von den in den Galerien ausgestellten Bildern zu machen. Sie nannten es Bild im Bild.

Der strahlend blaue Himmel und die letzten warmen Sonnenstrahlen des Herbstes sorgten dafür, dass sich das Gefühl der Geborgenheit und Zufriedenheit in Hank während der ganzen Urlaubszeit auf der Insel aufstieg.

Dieses einmalige Herbstlicht. Der einmalige Indiansummer. Herbstlaub in beeindruckenden, noch nie gesehenen Farben. Wundervolle Sonnenuntergänge am Horizont des Meeres. Entspannung für Geist und Seele beim Betrachten.

Einmalig schöne Abende mit den Freunden bei gutem Essen und köstlichem Wein.

Die zum ersten Mal erlebende Ernte der Cranberry. Wie anmutende Naturperlen schwamm diese knallrote Strauch-frucht im Sonnenlicht auf dem Wasser des gefluteten Beckens. Im Wasser stehende Männer hatten sie zusammen getrieben und wurden dann mit großen Tanklastwagen abgesaugt .

Eine Gaumenfreude war dieses Naturprodukte nach der Verarbeitung zu Marmelade, Gelee, Saft und vieles mehr, auf dem dazu gehörenden Markt mit dem im Kreis aufgestellten Tipizelten.

Doch gleich danach hatte Hank die Bilder der stürmischen See des letzten Tages vor Augen. Bei strahlendem Sonnenschein türmten sich riesige Wellen auf und brachen mit lauten Getöse am Strand. Wie ein gieriges, faszinierendes Geschöpf versuchte sich das Meer an den Strand fest zubeißen, Nahrung zu holen. Der Wind blies uns den feinen Sand in die Augen, um sie davon abzuhalten, diesem Schauspiel bei zu wohnen.

So döste Hank dahin. Auf der rechten Seite des Schiffes begleitete eine dunkle Wolkenwand im respektvollen Abstand die Fähre. Die Schifffahrt war sehr ruhig, nur der Horizont schaukelte oft kräftig hin und her.

Liebe Freude,

ein blank geputzter strahlend blauer Himmel. Was für ein Erwachen.Die Pupillen der Augen benötigen einige Zeit, nach dem Hochziehen des Rollos, um sich an die Strahlkraft des Sonnenlichtes zu gewöhnen. Wenn der so vertraute Geruch von frisch gebrühten Kaffee im ganzen Haus sich ausbreitet und man ein frisch gekochtes Ei mit einem Brötchen auf den Frühstücksteller serviert bekommt, kannst du davon ausgehen, das Sonntag ist. Sunny hat meine längere Schlafphase ausgenutzt und mich mit dem Frühstück überrascht. Danke, Kuss!

Heute soll es ein wundervoller Frühlingstag werden. Unser Kirschbaum kann es kaum noch erwarten, um mit seiner Blütenpracht zu starten. Auch hat die Wärme der letzten Tage hat dafür gesorgt, dass sich in unserem Garten die Osterglocken wieder aufgerichtet haben und mit ihrem leuchtenden Gelb uns erfreuen. Bienen und Hummeln schwirren um sie herum. Auch die Meisen haben meinen HSV – Vogelkasten wieder in angeflogen.

Es sind die kleinen aber feinen Beobachtungen, die mir doch, trotz der misslichen Situation für alle, ein Lächeln auf die etwas geschundene Seele zaubern. Die Natur beschenkt uns nun reichlich.

Sonntag und eigentlich hätte es viele Eldinger auf den Sport-platz zum Fußball der Amateure getrieben. Leider ist der

Spiel-betrieb eingestellt. Darum habe ich heute wieder einmal eine Geschichte aus meinem Jahresprojekt, „Meine Fußballerlaufbahn in Geschichten" für euch zum Lesen. Ich hoffe sehr, dass sich nicht zu viele Geschichten um das runde Leder drehen.

Einen frühlingshaften Sonntag!

Bleibt gesund!

Heinfried

Auflaufkinder

1962 Der Platz vor dem Gasthof Himmel war das Ziel vieler Einwohner unseres Dorfes an diesem Sonn- und Feiertag, den 17. Juni. Die Fußballer der 1. Herren bestritt an diesem Tag ihr letztes Spiel der Serie 1961/62. Ihnen war die Meisterschaft und der Aufstieg nicht mehr zu nehmen. Fünf Jahre nach der Vereinsgründung hatten sie das geschafft. Ab, eine Klasse höher. Darauf war das ganz Dorf stolz.

Eine so große Menge an Fahrzeugen hatte ich bis dahin in unserem Dorf noch nie auf dem Platz vor dem Gasthof Himmel gesehen. Sie waren hinter einander aufgereiht und das Ende reichte bis zur Kirche. Alle Autos waren mit blauen und weißem Krepppapier geschmückt.

„15!" „Nein. 16!" „15!" „Nein. 16!" Der Streit zwischen mir und meinem großen Bruder wurde immer heftiger. Ich war schon etwas ärgerlich, glaubte ich doch als Zweitklässler bis Unendlich zählen zu können und bis 16 schaffte ich es alle mal, da war ich mir sicher. Dann löste mein Bruder, mit einem breitem Grinsen im Gesicht, seine Zählweise auf. „Es sind 15 Autos und ein Transporter", erklärte er mir mit einem besser wissenden Ton. Da blieb mir nur als Reaktion, das Aufstampfen mit dem Fuß und das Herausstrecken der Zunge. Mit einer Trillerpfeife gab der 1. Vorsitzende Karl Heinze das Zeichen zum Einsteigen. Die Menschenmenge verteilte sich in die Autos In den ersten drei Autos fuhren die Spieler. Danach kam das Auto von Bäckermeister Christian Fritzmann, in dem wir unseren Platz hatten.

Unsere Eltern hatten dafür gesorgt, dass mein Bruder und ich eine Fußballmontur unter unserer Jacke hatten. An den Füßen trug ich mein erstes Paar Fußballschuhe, Marke Uwe, meinem Idol. Man war ich stolz. Auch hatte meine Mutter eine Blau-Weiße Fahne genäht und die wurde an einer Bambusstab befestigt. Während der Fahrt ragte sie aus dem Schiebedach des VW – Käfers von Christian Fritzmann hervor.

Den Schluss bildete der besagte Transporter vom Sattlermeister Max Scholz, ein Tempo Matador. Auf der Ladefläche hatten die „Halbstarken", wie man zu der Zeit die Jugendlichen nannte, Platz genommen. Das waren die Jungs zu denen ich aufschaute, wenn sie auf dem Schulhof Fußball spielten.

Der Tross setzte sich in Bewegung. Begleitschutz war einer der wagemutigen Motorradfahrer aus unserem Ort. Er war in eine weiße Mauerjacke geschlüpft, hat sich eine Feuerwehrmütze aufgesetzt und der Bahnhofsvorsteher hatte ihm seine rot/grüne Kelle ausgeliehen. So sah er einem Schutzmann täuschend ähnlich, alle nannten ihn „Hilfssheriff"

Nach 10 km auf den Weg nach Ellad, musste der Konvoi auf die Bundesstraße auf- biegen. Der „falsche" Polizist stoppte den fließenden Verkehr und so hatten wir Vorfahrt. Das gleiche Schauspiel wiederholte sich beim Abbiegen von der Bundesstraße. Das die Verkleidung nicht groß auffiel, lag auch daran, dass die Verkehrsdichte zu der Zeit nicht so hoch war, wie wir es von den heutigen Bundesstraßen kennen.

Der Sportplatz in Ellad lag auf der linken Seite eines breiten Feldweges und dahinter war eine Kuhwiese. Lang aufgereiht parkten die Auto auf dem Feldweg, auf deren rechten Seite eine Kiefernschonung war. Diese erkundeten mein Bruder und ich, sowie drei weitere Jungen aus dem Ort, bevor das Spiel begann.

Als wir aus dem Wald zurück kamen, sahen wir noch, wie unser Linksaußen Schacko und zwei Gästespieler mit Schaufeln über den Platz gingen. Sie mussten die Hinterlassenschaften der Kühe beseitigen, die der Bauer nach dem Melken am morgen noch zurück über den Sportplatz auf die Weide getrieben hatte.

Die Mannschaften kamen auf das Feld. Mein Bruder und ich zogen die Jacken aus, nahmen die Fahne und liefen mit auf das Spielfeld. Wir waren somit die ersten Auflaufkinder der jungen Vereinsgeschichte. Nachdem der Mann in Schwarz die Seitenwahl durchgeführt hatte, schickte er uns wieder von Feld . Voller Stolz hatten wir unsere Aufgabe erledigt. Unsere Zuschauer spendierten uns einen warmen Applaus.

Nach dem wir die Spielfläche verlassen hatten, setzten wir uns zu den Halbstarken. „Diese Flasche habe ich in der

Speisekammer von meinem Opa gefunden", sagte Pille und zog sie aus seinem Rucksack heraus. „Das ist doch Rotbäckchen. Das kannst du alleine trinken" war die Antwort von Atze, als die Flache sah. Pille schraubte den Verschluss auf und roch daran. „Ich glaube nicht, dass das Rotbäckchen ist. Das ist eine, von meinem Opa selbst gebrannten Schnapsflaschen", stellte Pille voller Erleichterung fest. „ Dann lass mal die Flasche kreisen", war der Vorschlag von Mickie. So machten sich die acht Jugendlichen über das Getränk her. Zwar schüttelte sich ein jeder nach dem Trinken, aber alle behielten den Schnaps im Körper. Wir wurden, obwohl wir dicht bei ihnen saßen, ausgelassen. „Genug, sonst haben wir nichts mehr für die zweite Halbzeit", entschied der Besitzer Pille und verstaute die Flasche wieder in seinem Rucksack.

Mit dem Beginn des Spieles versuchte Bongo, der kleinste Halbstarke, einen Ton aus seiner mitgebrachten, aber stark verbeulten Trompete hervor zu locken. Vergeblich, doch er startete immer wiedereinmal einen neuen Versuch.

Das Spiel hatte angefangen und es plätscherte irgendwie nur so daher. Darüber regte sich besonders der Schlägermützen tragende Mannschaftsverantwortliche der Ellader auf. Das war so ein kleiner, denn die Halbstarken als Abgebrochenen oder Zwerg titulierten, der ständig lauthals um den Platz kreiste. Keine Mannschaft kam richtig in Schwung.

„Das wird wohl noch eine Weile dauern, bis sie den Alkohol aus den Körpern gelaufen haben. Es soll schon hell gewesen sein, als die letzten vom Schützenfest aus Beinhorst nach Hause gekommen sind". „Und dann waren sie noch bei Meyer's zum Eier essen", waren die Kommentare, der auf der anderen Seite von uns stehenden Erwachsenen. „Die aus Ellad waren doch bestimmt auch letzte Nacht in Zweihausen, so wie die spielen. Da war doch auch Schützenfest", gab ein weiterer Erwachsener seine Erkenntnis kund.

Es war schon fast Halbzeit, als mehr Schwung in die Begegnung kam und unsere Mannschaft immer öfter ihr Können aufblitzen ließ. In der 42. Minute, so der Chronist G.Trackmeister, kam der Ball zu Huber. Der schlug nun seine gefürchtete Haken-kombination, links, rechts, kurz vor dem 16m Raum. Dann lag der Ball auf seinem starken rechten Fuß, der Gegenspieler war ins Leere gelaufen, und der Ball schlug unhaltbar im Gehäuse der Gastgeber ein. 1:0 für uns. Pause.

Nachdem Wechsel wirkten die Ellader Spieler immer noch sehr schlapp. Alkohol und Hitze setzte ihnen anscheinend doch sehr zu. Aber auch unsere Mannschaft hatte scheinbar damit ein Problem. In der 80. Minute, laut G.Trackmeister, legte Halbstürmer Stuppi den Ball an der 16 m Linie genau in den Lauf unseres Linksaußen Schacko. Mit seinem gefürchteten linken Fuß traf er den Ball voll. Der Ellader

Torwart bekam nicht einmal die Hände hoch, da zappelte der Ball schon hinter ihm im Netz. Großer Jubel und Freudensprünge bei unserer Anhängerschar.

Genau in diesem Moment stand der Ellader Mannschaftsverantwortliche vor den Halbstarken und Bongo, der alles gab, um einen Ton aus der Trompete zu bekommen. Diesmal klappte es. Zum ersten Mal kam ein lauter Ton aus dem Blechinstrument und dem kleinen „Abgebrochenen" genau auf das Ohr. Der erschrak sich zunächst, dann riss er Bongo die Trompete aus der Hand und warf sie in einem hohen Bogen über die parkenden Autos hinweg in die Kiefernschonung. Während Bongo verdutzt da stand, brachen unsere Anhänger in großes Gelächter aus. Mit einem hochroten Kopf, fluchend, fast schreiend entfernte sich der kleine Mann mit der Schlägermütze. Das war für die Halbstarken Grund genug, die „Rotbäckchenflasche" ein letztes Mal kreisen zu lassen.

Mit diesem 2:0 Sieg war unsere Mannschaft ungeschlagen Staffelsieger geworden und der erste Aufstieg konnte nun gefeiert werden. Dank unseres „Hilfsheriffs" kam der Konvoi geschlossen auf dem Platz vor dem Gasthaus Himmel zurück.

Was genau die Spieler und Erwachsenen danach gemacht haben, wissen mein Bruder und ich nicht genau, denn wir machten uns schnurstracks auf den Weg zum Schulhof, um die Begegnung nach zuspielen. Das machte besonders viel

Spaß, waren wir doch komplett mit Spielerklamotten ausstaffiert. Die Hakenkombination von Huber bekamen wir schon einigermaßen hin, doch so einen Bombenschuss von Schacko mit links, werden wir wohl trotz intensiven Übens, nie erreichen.

Als der Hunger uns nach Hause trieb, hörten wir die Halbstarken lautstark von Holtmann's Milchbank singen:

Aber eins, aber ein das bleibt bestehen,

die SGE wird niemals untergehen

Wir legten die Hände auf unsere Schultern und sangen die zweite Strophe kräftig mit:

Aber eins, aber ein das ist gewiss,

vor der SGE da haben alle Schiss.

07. April 2020

Liebe Freunde,

das Sonntagswetter ist uns auch bis jetzt, am Montag und Dienstag, erhalten geblieben. So konnte ich wie vorgenommen, gestern meinen überholten und frisch geschärften Motorrasenmäher seiner ersten Prüfung im Jahr 2020 unterziehen. Mit dem Ergebnis bin ich sehr zufrieden. Toll gemäht, ohne schlapp zu machen. Nur der hinter dem Rasenmäher sich Bewegende war noch nicht komplett im Tritt und musste eine längere Trinkpause einlegen. Auch benutze er das Gespräch über den Gartenzaun mit der Nachbarin und ihrem kleinen Sohn, um durch zu atmen. Dadurch wurde die erste Mähzeit mit 2 Stunden 15 Minuten gestoppt. In der Saison 2019 stoppte die Rekordzeit bei 1 Stunde 45 Minuten. Da ist also noch gehöriger Trainings- und Übungsbedarf, um wieder richtig in Form zu kommen. Ich werde daran arbeiten. Die heutige Geschichte basiert auf eine Fernsehreportage, die ich vor gut einer Woche geschaut habe, als mir die Corona - Reportagen zu viel waren. Die Informationen des Berichtes habe ich in dieser Geschichte versucht zusammen zu fassen. Dadurch kommt das runde Leder diesmal nicht darin vor.

Wir wünschen euch allen einen guten Start in die Osterwoche. Bleibt gesund!

Heinfried

Alabama

1947 Eine grauenvolle Nacht hatte Hank hinter sich gebracht. Er fühlte sich elend. Kaum geschlafen. Die Gedanken an den kommenden Tag hatten in seinem Kopf starke Schmerzen erzeugt. Sein Magen rebellierte gleich nach dem Aufstehen. Nur einen Schluck Kaffee hatte er hinunter bekommen. Alles um ihn herum schien so unendlich lange zu dauern. Eigentlich hatte er gehofft, dass es ihm besser gehen würde, nachdem er seine Entscheidung getroffen hatte, doch genau das Gegenteil war der Fall. Er fühlte sich noch unbehaglicher und zweifelnder.

Es war ein wunderschöner Spätsommertag in der Pfalz. Die Sonne hatte sich noch einmal ordentlich ins Zeug geschmissen und mit all ihrer Strahlkraft das Quecksilber-thermometer bis auf 25° nach oben getrieben. Nur kleine Schönwetterwolken schmückten den blauen Himmel.

Hank fuhr mit seinem Jeep über den Rhein in die Maubacher Straße in Ludwigshafen, zu dem Haus Nr. 190, dass noch deutliche Spuren des Krieges aufwies.

Ingrid wartete bereits auf Hank. Gegen seine Gewohnheit war er 10 Minuten zu spät. Eigentlich war er die Pünktlichkeit in Person. Doch an dem heutigen Tag hatte sein Fuß das Gaspedal so vorsichtig wie nie zuvor behandelt.

„Ich freue mich riesig auf diesen Tag mit dir", sprudelte es aus Ingrid heraus, als sie Hank in die Arme nehmen konnte. Ihr Lachen und Strahlen war so überwältigend, dass bei Hank alle dunklen Gedanken wie weggeblasen waren und er die pur Freude des Zusammenseins in jeder Faser seines Körper spürte. „Oh, ein vollgepackter Korb", bemerkte Ingrid, als sie ihre Jacke auf den Rücksitz warf. „Hast du einen Plan, wo wir heute hinfahren?" „Ich habe gedacht, an unsere Stelle unterhalb des Hambacher Schlosses, wo wir die ganze Rheinebene überblicken können. Bei dem Wetter haben wir bestimmt eine gute Aussicht, vielleicht das letzte Mal i diesem Sommer", antwortete Hank. Bei dem Ausspruch, vielleicht das letzte Mal, bekam er einen großen Kloß in den Hals und das Unwohlsein nahm wieder Besitz von ihm. „Ist irgend etwas passiert, mit deiner Familie oder in der Kaserne?" Ingrid kannte ihren Schatz schon zu gut, dass er nichts vor ihr verbergen konnte. „Lass uns erst mal durch die Wingerts zu unserem Lieblingsplatz fahren und diesen letz… Sommertag genießen, bitte." So fuhren sie fast schweigend die nächste halbe Stunde durch das Rheintal, wo die Kartoffelernte begonnen hatte, und dem Weinbaugebiet auf den Parkplatz oberhalb von Diedesfeld.

Hank nahm den Korb vom Rücksitz, Ingrid die Decke. Sie spazierten noch den schmalen Waldweg hinauf bis zu der kleinen Lichtung in den hier beginnenden Pfälzer Wald. Ingrid hatte Hank's Unsicherheit und Zurückhaltung auf seine Aufgeregtheit zurück geführt. In ihr war doch der große Wunsch, dass Hank ihr, wie vor zwei Wochen ihre Freunde, John seiner Elisabeth, einen Heiratsantrag machen würde. Vielleicht fällt ihm das so schwer, da er der deutschen Sprache nicht so mächtig war und er Angst hatte, nicht die richtigen Worte zu finden. So hatte sie all die negativen Gedanken während der Fahrt aus ihrem Kopf verband und nahm nun erwartungsvoll Platz auf der Decke.

Hank nahm die Flasche Wein, zwei Gläser und die leckeren Schokoladenkekse aus dem Korb. Mit dem Korkenzieher an seinem Taschenmesser öffnete er die Weinflasche und schenkte die beiden Gläser voll, während Ingrid in dem Korb stöberte. Sie freute ich über die Nylons, den neuen Lippenstift, die Stange Lucky Strike und das Pfund Kaffee, die Hank für sie mitgebracht hatte. „Ein Pfälzer Riesling." „ Auf uns." Das Klingen der Gläser durchbrach die Stille, die um sie herum war. Ingrids Herz klopfte sehr schnell und heftig, als Hank mit der Hand in seine Hosentasche griff. „Ring. Juhu!" Jubelten ihre Gedanken. Doch sehr schnell setzte die Ernüchterung bei ihr ein, denn es war ein Briefumschlag, den Hank hervor kramte. Er zog den Brief hervor und gab ihn wortlos Ingrid. Ihre Augen erblickten die Wort Command, back und das Datum September 30, 1947.

„Was soll das heißen?" Ein große Fragezeichen stand ihr ins Gesicht geschrieben. Hank musste sich zusammen nehmen, seine Tränen unterdrücken und sich auf seine, in der letzten Nacht zurecht gelegten Worte, zu konzentrieren. „Ingrid," begann er mit zitternder Stimme „das bedeutet, dass ich in zwei Wochen zurück in die USA muss, nach Arizona. Ich weiß das nun seit einer Woche und musste es erst einmal verdauen. Nun kannst du verstehen, warum ich letzte Woche soviel Dienst hatte." „Aber," begann Ingrid.

„Bitte, lass mich erst dir einmal alles erklären, was mir durch den Kopf gegangen ist" unterbrach Hank seine so geliebte Freundin. „Ich liebe dich von ganzen Herzen. Habe immer noch Herzklopfen, wenn ich bei dir bin oder an dich denke. Du bist nicht nur eine wunderschöne Frau, sondern auch deine fantastischen Warmherzigkeit verzaubert mich. Der Frühling und der Sommer in diesem Jahr waren die besten Jahreszeiten meines Lebens, weil wir zusammen waren. Das musst du mir glauben. Bitte. Noch nie habe ich mich so frei gefühlt. Hier auf dieser Seite des Atlantiks habe ich zum ersten mal erlebt und gefühlt, was es heißt gleichberechtigt zu sein. Ich wurde im jeden Restaurant und jeder Bar bedient. Ich konnte mich in der Straßenbahn und im Zug auf den Platz setzen, auf den ich wollte. Nur ein Eingang für alle in der Bank. Ich musste nicht in gebückter Haltung, nach unten schauend, den Bürgersteig entlang gehen. Aufrecht gehen und jedem Menschen ins Gesicht schauen und ihn anlächeln zu können. Was für ein Hochgefühl. Das alles kannte ich in den ersten 24 Jahren meines Lebens nicht, selbst als ich mich freiwillig in den Armeedienst gemeldet habe, wurde mir klar gemacht, dass es weiße Menschen und erst eine Klasse tiefer wir Farbige kamen." Hank musste tief durchatmen als ihm dies über die Lippen kam. Ingrid hörte ihm regungslos zu und bemerkte gar nicht, wie Tränen über ihre Wangen rannen. „Wir kämpfen hier für Freiheit, Gleichheit und Brüderlichkeit, die wir euch bringen sollen. Doch in meinem Heimatland werden diese Attribute in den Südstaaten mit Füssen getreten. Was für ein Widerspruch. Es ist zwar nicht so extrem wie eure Führungsclique mit den Juden umgegangen sind, aber wenn ich an die Bilder denke, wie der KuKlux Klan Jagd auf uns Farbige macht und sie öffentlich an dem nächsten Baum aufknüpft, ist das nicht soweit davon entfernt. Dagegen muss ich einfach kämpfen, für meine Familie, die in Alabama lebt, meine Schwestern und Brüder. Doch mein Weg ist ein anderer, ohne Gewalt, mit unser Verfassung in der Hand. Deshalb habe ich mir im letzten Winter geschworen, wenn ich zurückkehre werde ich Rechtsanwalt und kämpfe dafür. Dann habe ich mich unsterblich in dich verliebt. Ich hatte gehofft, dass dieser Brief nie ankommt und ich mich entscheiden muss." Hank musste immer wieder schlucken und seine Stimme verlor mehr und mehr an Festigkeit. Sie begann zu zittern, manchmal zu stottern. „Dann nimm mich bitte mit. Ich werde dich heiraten und wir kämpfen gemeinsam, bitte", flehende Worte von Ingrid, die an Hank's Ohr drangen. „Der Gefahr kann ich dich nicht aussetzen, dazu liebe ich dich zu sehr. In den USA ist eine zwischen einem Farbigen und einer Weißen geschlossene Ehe illegal und nicht erlaubt. Die würden dich jagen und verachten. Ich würde es nicht ertragen, dich leiden zu sehen." Hank nahm einen Schluck von dem Riesling, denn sein Mund war trocken vom reden. „Das kann ich nicht glauben, in eurer Wochenschau sieht doch alles so sauber, aufgeräumt und gut organisiert aus. Die Filme zeigen doch nur glückliche Menschen," argumentierte Ingrid. „Propaganda. Das haben auch viele Amerikaner geglaubt, wenn Ausschnitte aus den deutschen Wochen-schauen gezeigt wurden. Die Wirklichkeit ist ganz anders, fast grausam. Die Bilder, als wir Buchenwald befreit haben, sind immer noch in meinem Kopf fest eingebrannt. Es darf bei uns nicht soweit kommen, wehrt den Anfängen. Ich muss alleine gehen. Es ist mir so wichtig, dass du weißt, dass ich dich liebe. Das du, das Größte und Wundervollste bis, dass meinen Lebensweg gekreuzt hat. Ich kann immer wieder und immer wieder meine Liebe zu dir beteuern." Hank nahm Ingrid in den Arm, drückte sie an sich und es folgte ein lang anhaltender Kuss, der den Geschmack der Traurigkeit ihrer beiden unaufhörlich strömenden Tränen hatte.

Es hatte Ingrid die Kehle zu geschnürt. Sie brachte kein Wort mehr hervor. Der Lebenstraum war geplatzt, hatte sich innerhalb weniger Minuten verflüchtigt. Leer, wo vorher noch bunte Bilder und wunderbare farbige Zukunftspläne waren. Fassungs-losigkeit.

Sie konnte nichts mehr aufnehmen. Ein großes schwarzes Loch tat sich vor ihr auf. Hank's Worte, „vielleicht schaffen wir es schnell eine bessere Welt zu schaffen und unsere Lebenswege kreuzen sich wieder" kamen nicht bei ihr an, fanden kein Gehör. Dabei hatte ihre Mutter Hank bereits so in ihr Herz geschlossen, nach all dem Leid, dass der Krieg ihr zugefügt hatte. Zwei verloren Söhne. Einen einbeinigen und verbitterten Mann hatte die russische Kriegsgefangenschaft ausgespuckt und zu ihr zurück gebracht. Das war nicht mehr der Oskar, den sie geheiratet hatte. Das war ein Fremder geworden, den sie nun mit ernähren musste. Sie konnte ihre Mutter nicht alleine lassen. Sie hatte doch nur sie.

Hank und Ingrid saßen wortlos, händchenhaltend neben einander und schauten in die so friedlich da liegende rheinische Tiefebene. Am Horizont war durch die klare Luft, das Heidelberger Schloss zu erkennen. Es wurde etwas kühler, denn die Sonne machte sich auf den Weg, um sich langsam hinter dem Pfälzer Wald zur Ruhe zu begeben. Hank legte den Arm um Ingrids Schulter und sie küsste sich, liebten sich ein letztes Mal, leidenschaftlich und innig.

Am 15. September 2008 stieg Helene Brockmann, geb. Steinbrecher und ihr Mann Herbert in Birmingham, Alabama aus dem Flugzeug. In ihrer Handtasche hatte sie, aus dem Nachlass ihrer Mutter, ein Jugendfoto von ihrem Vater. Über eine Agentur hatte sie seine Adresse bekommen:

Rechtsanwalt

Hank Johnson,

4285 Owen Ave.,

Bessemer, AL 35020

Liebe Freunde,

was für ein tolles Wetter wurde uns in den letzten drei Tagen zu teil. Ich kann mich nicht erinnern, obwohl das mit dem Erinnern und dem Alter eine ganz spezielle Sache ist, dass ich jemals an einem 6., 7. und 8. April mein Mittagessen und Abendbrot unter dem freien Himmel eingenommen habe. Eigentlich schaute ich immer in das Blätterdach unseres Walnussbaumes, wenn ich draußen gespeist habe. Doch zur Zeit ist da nur das Astwerk mit ganz zarten, kaum zu erkennenden Trieben. Ich bin gespannt wie lange diese Wetterlage noch hält. Immerhin habe ich heute morgen schon eine Tasse Kaffee „outside" getrunken, auch wenn es etwas kühler geworden ist.

Besonders einprägsam war der gestrige Abend. Das ganz spezielle Licht, die Windstille und die Ruhe, die wir auf dem Land erfahren, brachten mich um 19.30 Uhr noch einmal auf mein Fahrrad (noch nicht E), um eine kleine Tour durch die Feldmark und das Dorf zu unternehmen. Eine wunderbare dreiviertel Stunde.

Heute habe ich eine kurze, schon etwas ältere Geschichte heraus gesucht. Gartenarbeit und das schöne Wetter bremsen ein wenig meine Kreativität. Zu der Geschichte eine kleine Erklärung:

Augenblick gleich Moment, Augenblick gleich der Blick mit den Augen.

Einen angenehmen Feiertag.

Bleibt gesund!

Heinfried

Der Augenblick eines Augenblicks

Lange Schatten wirft die untergehende Herbstsonne in den Innenhof. Sie wirkt müde, hat sie doch die ganzen letzten Tage versucht mit aller ihrer verbleibenden Kraft, die Menschen zu wärmen. Aber es ist Mitte Oktober und die länger werdenden Schatten bringen die Kühle und die Feuchtigkeit über das Gras.

So gingen sie hinein, die 18 ehemaligen Klassen-kameradinnen und Kameraden zusammen mit ihrer Klassenlehrerin, die sich hier nach 40 Jahren eingefunden hatten. Der Tisch war bereits gedeckt und ein wohltuender frisch gebrühter Kaffeeduft erfüllte den Raum. Dazu gab es leckeren frischen Apfelkuchen.

Die Ruhe nutze die Klassenlehrerin aus, mit der Bitte um eine kurzen Beschreibung eines jeden Einzelnen, was das Leben mit ihnen in den letzten 40 Jahren so getrieben hat. So fassten nach dem Kaffee die Damen und Herren ihre Lebensabschnitte in Worte. Die Einen blumig aus-schmückenden, der Anderen mit kurzen nüchternen Worten.

Hank hörte zu und schaute dabei in die um ihn herum sitzenden Gesichter. Das Leben hatte bei allen Spuren hinterlassen. Ohne das Hank es genau für sich definieren konnte, hatte jedoch, bis auf zwei Ausnahmen, jede Person ein Merkmal, dass sich in seiner Erinnerung eingeprägt hatte, an dem er die Menschen wiedererkannte.

Als Julia zu erzählen begann, wandte Hank seinen Kopf zu ihr. Die Blicke der Augen trafen sich und plötzlich wurde der Raum für Hank durch etwas Magisches geflutet. Er spürte wie sein Herz schneller schlug, eine Wärme gepaart mit dem Gefühl der Vertrautheit und bekannter, wohltuender Sympathie hatte sich sekundenschnell in ihm ausbreitete. Seine Augen nahmen nur noch Julias strahlenden Blick und den lächelnden Mund wahr, alles andere drumherum war verschwommen. Das Gehör hatte auf ganz leise gestellt. Der Geruch vom Kaffee verflogen. Nur der Sinn des Sehen war in Hank aktiv.

Hank schloss die Augen, um diesen Eindruck des unbeschreiblichen Augenblick in sich auf zu saugen und zu speichern. Mit der unsagbaren Geschwindigkeit, die nur menschliche Nervenbahnen erzeugen können, kramte die Erinnerung aus der scheinbar verlorenen und total verstaubten Schublade der Vergangenheit, zwei kurze Videos mit Julia hervor. Hank war nicht klar, aus wie viel Realität, Wunschdenken oder Phantasie sich diese etwas verschwommenen Bilder, in den Jahren zusammen gesetzt hatten.

Bei der Abschlussfeier saß Julia auf seinem Schoß und hatte den Arm um Hank's Schulter gelegt. Sie lächelte, schaut ihn an und küsste ihn auf die Wange. Dann saßen sie, zwei Jahre später in der Sektbar, hielten Händchen, scherzten und prosteten sich zu. Dieses war ihre letzte Begegnung, die sich Hank's Erinnerungskino preisgab.

Alles, wofür diese Beschreibung soviel Zeit benötigte, war in ein paar Sekunden für sein inneres Auge sichtbar.

Dann öffnete Hank wieder seine Augen. Alle Sinne waren wieder da. Er hörte die Stimmen der anderen deutlich, sein Blick konnte alle genau erkennen und der Geruch von Kaffee war weiter in dem Raum.

Der Gefühlszauber in ihm war vorbei. Hank wusste, dass er niemals Julias Romeo war. Doch dieser Augenblick mit Julia, wird ein unvergessener Augenblick für Hank, ein gefühlvoller, bleibender Stupser auf seiner Seele, immer bleiben.

11. April 2020

Liebe Freunde,

Ostern einmal ganz anders, wenn wir es auch in dieser Form nicht gebraucht hätten.

Ich bin in meinem Computerzimmer viel, viel öfter als all die Jahre zu vor. Doch das kommt auch meiner kleinen CD – Sammlung zu gute. Während ich schreibe, benutzte ich meinen alten tragbaren CD – Spieler und höre mich durch die älteren Schätzchen. Dabei bin ich auf Udo Lindenberg gestoßen, wobei „böse Zungen" behaupten wir hätten etwas gemeinsam, das Nuscheln, und sein Lied „Hinterm Horizont".

Der letzte Refrain passt wie kein anderer in die Zeit, in der wir uns gerade jetzt befinden. Mutig und zuversichtlich nach vorne schauen (bitte nicht die Geduld verlieren), auch wenn für jeden Menschen, auf Grund seiner Fähigkeit des räumlichen Sehens, der Weg zum Horizont unterschiedlich weit ist, aber:

Hinterm Horizont geht's weiter

Ein neuer Tag

Hinterm Horizont immer weiter

Zusammen sind wir stark! (Die Mensch auf diesem Planeten)

Das mit uns ging so tief rein

Das wird nie zu Ende sein

Denn zwei wie wir (Der Mensch und die Erde)

Die können sich nie verlier'n

Hinterm Horizont geht's weiter!

In der heutigen Geschichte habe ich persönlich versucht ein mal hinter den vor mir liegenden Horizont zu schauen.

Wir, Brigitte und ich, wünschen euch und euren Familien ein frohes Osterfest.

Ich werde mich Osterdienstag wieder melden, damit ihr die Feiertage nur für euch habt und ihr sie ungestört genießen könnt.

Bleibt gesund!

Heinfried

Geburtstag

2028 Hank hatte es sich in seinem Gartenstuhl unter dem Walnussbaum bequem gemacht. Die Weinschorle aus dem Dubbegas, das er aus den Urlauben in der Pfalz mit gebracht hatte, war ein richtiger Durstlöscher, gingen die Sommertage in den letzten Jahren doch verlässlich bis Ende September. Genau das richtige für Hank, nach den Vorbereitungen für seine Geburtstagsfeier. Die Stühle und Stehtische waren aufgebaut. Die Lichter montiert und die Gläser mit den Teelichtern hatten ihren Platz gefunden, um bei einsetzender Dunkelheit die richtige abendliche Atmosphäre zu versprühen. Auch die kleine Bühne mit der weißen Leinwand an der Hauswand war aufgebaut. Den Beamer für die Bilder hatte Nachbar Daniel heute morgen gecheckt.

Hank atmete tief durch und wischte sich den Schweiß von der Stirn. „Als 75 jähriger habe ich mir diese Pause verdient" gingen seine Gedanken durch den Kopf. In ihm spürte er die angespannte Vorfreude auf die vielen Gesichter und von den dazu gehörigen Menschen, die er eingeladen hatte und von denen er eine Zusage bekam. Neben der Familie hatte Hank alle Freunde geladen, denen er 2020 seine Geschichten zu teil werden ließ.

Er freute sich auf seine Familie Sohn, Schwiegertochter und Enkelsöhne. Er war unheimlich stolz, dass sein Sohn William die Kraft aufgebracht hatte, trotz aller anderslautender Prognosen, seine Arme wieder bewegen zu können. Auch die Umstellung, dank neuer Prozessoren, auf den sprachgesteuerten Rollstuhl hatten ihn eine noch größere Unabhängigkeit geschaffen und er war so wieder in den täglichen Arbeitsprozess als Systemanalytiker aktiv.

Seine Frau konnte so ein wenig kürzer treten, hatte doch das Leben an ihre Substanz und Lebensfreude ganz schön herum gezehrt. Doch nun war das Lachen ihn ihren Gesicht zurück gekehrt. Die Freude am Leben strahlte aus ihren Augen.

Hank war gespannt, was sein Enkelsohn Noah von seinem einjährigen USA Aufenthalt zu erzählen hatte. Noah war nach dem Abitur ein Jahr nach Sioux Center, Iowa gegangen und hatte dort am Dort College studiert. Ken und Jeremie hatten sich um ihn gekümmert und er war dort in besten Händen. Auch hatte Hank ihm eine Vollmacht über sein Konto erteilt, so das er auch finanziell keinerlei Probleme hatte. Außerdem hatte er auf Grund seiner fußballerischen Fähigkeiten ein Stipendium bekommen.

Der „Kleine" Maxi war auf dem besten Wege seine handwerklichen Geschicklichkeiten für die weiteren Zukunftsplanungen zu nutzen. Sicher musste er erst noch sein Abitur schaffen, aber das Studieren schien nicht der richtige Weg zu sein. Hank tippte mehr auf Möbeldesigner. Vielleicht auch Komiker, denn sehr oft saß ihm auch der Schalk im

Nacken. Da sind wohl die Gene des Großvaters ein wenig durchgeschlagen.

Seine Mutter, mit ihren 95 Jahren, war bereits heute Nachmittag zum Kaffee trinken gekommen. Auch wenn es mit dem Laufen nicht mehr so gut lief wie sie es sich wünschte, hatte sie es sich nehmen lassen, mit der Unterstützung die legendäre Spinngewebstorte zu backen. Hank mochte ihren Spruch, dass sie es nie für möglich gehalten hatte, sich im hohen Alter noch einmal einen Sportwagen zu zulegen, den sogenannten „Hackenporsche".

Hank schaute nach oben in die Krone seines geliebten Walnussbaums. „ Na liebster Kollege, auch schon 90 Jahre auf dem Buckel an diesem Standort. Seit nun gut 54 Jahren bis du täglich bei mir. Was haben wir nicht alles gemeinsam erlebt. Ganz besonders dankbar bin ich dir, dass du vor 16 Jahren meinen Schutzengel gerufen hast, so dass ich noch weiter ein Erdenbürger sein darf" philosophierte Hank in sich hinein „ und dein junger Kollege Kastanie von neben an steht nun auch schon über 30 Jahre bei Wind und Wetter neben dir, gepflanzt als Kastanie von William."

„Hank, stehen die Getränke bereit?" wollte Julia wissen. „Selbstverständlich, mein Sonnenschein. Das Bier ist gekühlt, der Wein hat die richtige Temperatur und die antialkoholischen Getränke stehen auch in den Kühlschränken", war Hanks freudige Antwort. Er dachte unweigerlich an ihre goldene

Hochzeit, die sie mit ihrer US – Familie in Michigan gefeiert hatten.

„Hast du irgend eine Überraschung noch für mich? Du strahlst so und ich werde das Gefühl nicht los, dass da noch irgend etwas positives auf mich zu kommt" kam es aus Hank heraus. „Wer weiß" Julia lächelte noch verschmitzter und zog die Schultern hoch „Kann sein". Hank konnte nicht widerstehen. Er gab seine bequeme Position auf und musste diese unwiderstehliche Frau küssen. Beide genossen diese innige Umarmung und das zärtliche Spiel ihrer Lippen und Zunge.

„Ich muss noch die letzten Bestecke aus dem Geschirrspüler holen", noch eine flüchtiger Kuss auf die Wange und Julia löste die Umarmung. Gerne hätte sie Hank noch länger in den Armen gehalten, aber sie bei ihrer Arbeit aufzuhalten war auch ihm nicht möglich.

So nahm er wieder Platz, rekelte sich ein wenig bis er wieder die alte Position gefunden hatte. Eine weiterer Schluck Weinschorle aus dem Dubbeglas. Seine Gedanken kamen wieder schnell in die Zeit zurück, die so einschneidend für alle Menschen waren, dieses verflucht dunkele Jahr 2020.

Eigentlich hatte Hank damals vor, im Mai des Jahres 2020 ein Garagen – Geschlie mit seiner Schwester Maria zu veranstalten. Das Wort Geschlie stammt auf dem Schweizer Kanton Uri und ist eine Abkürzung der Worte Gesch für Geschichten und lie für Lieder. Die Geschichten sind unbekannte Texte eines Unbekannten. Dazu singt das Publikum unter Anleitung bekannte Lieder. Die Planungen in seinem Kopf waren abgeschlossen, und er bereitete sich nun auf die Gespräche mit den Beteiligten vor.

Doch dann kam diese riesige dunkele Wolke, genannt Coronavirus COVID – 19, über den ganzen Planten und wirbelte das Zusammenleben der Menschen durcheinander. Miteinander war verboten. Nur Familie und maximal 2 Personen durften zusammen stehen.

Was für eine Zeit. Viele Menschen starben, besonders Alte und Geschwächte. Dieses Eingesperrtsein, die persönliche Freiheit zu verlieren, machte viel depressiv, häusliche Gewalt stieg an und noch heute arbeiten die Behörden gegen den enormen Anstieg an Cyberkriminalität. Wenn die Menschen solange zu Hause hocken müssen und täglich sich mit den Computer beschäftigen, war das nicht verwunderlich.

Doch die negativen Auswirkungen verdrängte Hank gern. Er sah das positive. Die Menschen waren wieder enger zusammen gerückt. Bei allen stand der Mensch im Mittelpunkt. Die staatliche Ausgaben für Bildung, medizinische Forschung und Versorgung hatten den ersten Platz im Bundeshaushalt.

Die Einwohnerzahl in unserem Ort war nun auf 1300 gestiegen. Das neue Baugebiet an der Metzingerstraße war schon wieder fast komplett zu gebaut, genauso wie die

Baulücken im Amsel Weg und die ehemalige Pferdeweide hinter der Bürgerstraße. In Beddenstel hatte man eine neue Schule gebaut, denn unsere war mit den eigenen Einwohnerkindern voll belegt.

Durch die Lehren aus das „Schwarzen 2020" zog es viele junge Familien wieder auf das Land zurück. Home Office sei dank. Raus aus der Anonymität der großen Städte, hinein in die Übersichtlichkeit und Verbundenheit der Dorfgemeinschaft. Es war toll, dass Dr. Heikul nun nur noch in unseren Ort praktizierte. Auch wartete das ganze Dorf auf die Eröffnung den Verkaufs- und Handwerkermarkt auf dem ehemaligen Gutshof. Otto Vizel und sein Sohn Luka hatten einem Investor ihr Konzept vorgelegt und dieser hatte es für gut befunden. So entstand dieser Markt gegenüber der Kirche.

Aber auch politisch hatte es einige fast erdbebenhafte Bewegungen aus der Krise heraus gegeben. Auf die Reihenfolge Menschen, Planet, dann Ökologie war das Kredo aller politischen Parteien. Nach der Krise punktete die Politiker mit der Halbverstaatlichung des Gesundheitswesen. Das hatte zur der Zeit den Nerv der Wähler getroffen. Regionalität war das Schlagwort für die neue Wirtschaftsordnung, kurze Lieferketten. Ortsnahe Produktionsstätten schossen wie Pilze aus der Erde. Auch die Landwirtschaft bekam mit ihrer Massenwirtschaft und Monokulturen großen Gegenwind. Der Slogan lautete: Qualität vor Quantität. Biobauernhöfe vermehrten sich rasend schnell. Es gab wieder Wiesen mit Kühe zu bestaunen. Die Bürger waren bereit mehr Geld für gesunde Lebensmittel auszugeben. Den alten Werbespruch: Geiz ist geil war aus dem Sprachgebrauch gestrichen.

Klimapolitik, Energie und Recycling waren kontroverse Themen. Die E - Mobilität ist ein heiß diskutiertes Thema. Viele Menschen möchten sie stoppen und erst wieder freigeben, wenn die Entsorgung, bzw. die Wiederverwertung der Lithiumbatterien gesichert ist. So ein Fehler, wie bei der Atomenergie, die noch immer nach einem Endlager sucht, sollte nicht wiederholt werden. Bei dem Thema riecht es nach einer Volksabstimmung, die im Jahre 2025 eingeführt wurde. Im letzten Jahr hat das Parlament zwei neue Gesetzte beschlossen. Das neue Steuergesetz war dem transparenten schwedischen Steuermodell sehr ähnlich ist. Das Rentengesetz folgte dem erfolgreichen österreichischen Modell, dass alle in nur eine Rentenkasse einzahlen. Neben dem Mindestlohn hatte die Regierung auch einen Höchstlohn eingeführt. Nach einer Volksbefragung wurden die Gehälter der Volksvertreter sehr hoch eingestuft, um unabhängige Parlamentarier zu bekommen. Auch kommen die meisten Minister nicht aus der parteipolitischen Hierarchie hervor, sondern sind fachliche Quereinsteiger. Dadurch reduzierte sich der Anteil der Berater und Lobbyisten auf ein Minimum. Zudem dürfen alle Bundestagsabgeordnete keinen weiteren

Job oder Amt ausüben. Die Menschen vertrauten der nun doch transparenteren Politik und ihren ausführenden Organen. Hinzu kam, dass Angela Merkel bei der ersten Direktwahl der Bevölkerung mit großer Mehrheit zur Bundespräsidentin gewählt wurde.

Die AfD war an ihrer eigenen Zerstrittenheit, dem Richtungskampf und der Parteispendenaffäre, zerbrochen und in drei nun unbedeutende Teile zerfallen. Aber auch die Menschen hatten in der Krise gemerkt, dass die Sprechblasen der Populisten nur Parolen ohne Inhalte waren. So waren sie überall auf der Welt unbedeutend geworden. Sicher gibt es immer noch einige ewig Gestrige, doch die Zahl ist geschwinden gering.

Alles dies ging Hank, als er fast eingenickt war, durch den Kopf. Doch das Vogelgezwitscher hatte ihn geweckt und er schaute auf die Uhr. Nur noch eine halbe Stunde, dann kommen Kai, Ute und Hermann. Noch einmal das Konzept durch sprechen für den Geschlie – Abend, der heute nun Wirklichkeit werden sollte. Als Trio KUH würde er sie vorstellen. Kai war der Sänger, der mit dem Publikum die bekannten Lieder singen wird. Ute war die Moderatorin, die einige Worte zwischen den Texten und den Liedern sagen sollte und Hermann war der honorige Vorleser der unbekannten Geschichten. Hank hatte zusammen mit Kai die Songs festgelegt, die auch zu den Geschichten passen sollten. Dabei hatte Hank drei Oldies und ältere Geschichten seiner Idee von 2020 mit eingebunden. Zu der von Hermann vorgelesen Geschichte: Dünenabfahrt, passte das Santiano-lied „Hoch im Norden", Zur Rentnererhebung kam nur Jürgen von der Lippe „Guten morgen liebe Sorgen" in Frage und für das Gespräch der Ostfriesen „Mudder" wünschte sich Hank den „Hamborger Veermaster".

Die Überraschung für Hank und Julia war aber auch das Essen, denn seit der Zeit nach der „Großen Wolke", hatte sich in ihrem Bekanntenkreis durchgesetzt, das es keine Geschenke mehr gab, sondern die Gäste gemeinsam den Gastgebern das komplette Essen, fast immer irgendwelche selbstgemachten Leckereien, mitbrachte.

„Alles klar soweit, Hank" wollte Julia von ihm wissen. „Alles klar. Die Gäste können kommen. Ich bin bereit und freue mich riesig auf diesen Abend. Endlich einmal wieder richtig gedrückt werden, nach dem wir bis Ende 2021 Abstinenz waren, und dann hat es noch ein halbes Jahr gedauert bis alle geimpft waren. Zu Glück hatten wir ja uns, Sunshine": Hank schmunzelte. „Wie viele Stühle hat du denn noch in Reserve?"fragte Julia. „ Da sind noch die acht alten grünen Gartenstühle. Aber warum willst du das wissen? Ist da noch etwas was du mir sagen möchtest, Julia?" „Da ist heute Nachmittag ein Flieger aus Detroit gelandet und nun acht Addinks sind ausgestiegen, die dir zum Geburtstag gratulieren wollen. Ich konnte es nicht mehr für mich behalten, Sorry".

„Was für eine super Nachricht, es wundert mich, dass du überhaupt solange dicht gehalten hast". Hank nahm seine Frau in den Arm und drückte sie an sich. Plub, da fiel eine Freudenträne von Hank auf Julias Bluse.

14. April 2020

Liebe Freunde,

nun haben wir alle diszipliniert, wie von uns gefordert, das Osterfest hinter uns gebracht. Eigentlich war Weihnachten immer die Zeit der Besinnung für mich, doch in diesem Jahr hat Ostern schon für viel Nachdenklichkeit gesorgt. Besonders wie wir durch die nahe Zukunft kommen. Welche Skepsis bleibt bei Begegnungen? Wie vorsichtig sind wir bei Festivitäten? Gibt es noch ein unbeschwertes Umarmen? Spontanes Essen gehen ohne Vorbehalte? Sicher sind das Prozesse durch die wir alle hindurch müssen. Da jeder Mensch doch besonders ist, muss er auch seinen eigenen Weg finden. Ich bin mir sicher, dass jeder von euch eine gute Lösung findet.

Auch habe ich mir Gedanken gemacht, in wie weit ich das mit den Geschichten schreiben noch auf die Reihe bekommen. Ich glaube, morgen wird nicht nur die Kanzlerin sich mit den Ministerpräsidenten beraten, sondern auch Heinfried und seine Kreativität haben eine Verabredung miteinander, um über das weitere Vorgehen zu beraten. Die „Entscheidung" :-) werde ich euch Donnerstag mitteilen.

Passt auf euch auf!

Bleibt gesund!

Heinfried

Vorwort:

Meist erinnert man sich zuerst an den Ort, an dem man war, als ein besonderes Ereignis die Welt bewegte, bevor man das Datum im Kopf parat hat. Doch dafür haben wir jetzt eine Suchmaschine im Internet. Das Durchforsten von dicken Büchern, Lexika, ist vorbei.

So musste auch ich bei dieser Geschichte einmal klicken, um die Antwort zu finden:

„Am 21. Juli 1969 um 3:56 Uhr MEZ betraten im Zuge der Mission Apollo 11 die ersten Menschen den Mond, Neil Armstrong und Buzz Aldrin." (Wikipedia).

6 1/2 Stunden zuvor waren sie auf dem Mond gelandet, also bereits am 20. Juli 1969.

Mond

Lauter Jubel und Schreie ließen mich aus dem Schlaf hochschrecken. Ich musste mich erst einmal orientieren, wo ich war. Die Sonne stand kurz über dem Horizont, als ich mich in meinem Schlafsack aufrichtete. Jetzt wurden der Kopf langsam klar. Fähre nach Helsinki, Bank am Heck der steuerbord Seite des Schiffes. Nun hatte ich die Orientierung wieder gefunden. „Die Amerikaner Amstrong und Aldrin haben nun um 3:56 Uhr als erste Menschen den Mond betreten." klang es nun in Deutsch aus dem Lautsprecher. Erneuter

Jubel und Schreie und nun auch noch Gesänge. Ich suchte den Himmel ab, aber es war kein Mond zu sehen, es hatte sich bezogen.

Ganz anders als 6 1/2 Stunden zuvor. Zwar war auch da der Mond nicht zu sehen, denn die Sonne hatte sich noch nicht komplett auf der anderen Seite des Schiffes verabschiedet. Sie hatte ihren roten Badeanzug angelegt, um dann in den Fluten der Ostsee einzutauchen. Da gab der Kapitän zu nächst auf finnisch und dann auf deutsch, die Landung der Mondlandefähre Eagle von Apollo 11 kund. Das hatte die ständige Party einen neuen ausschweifenden Feiergrund gegeben. Viele Finnen an Bord waren in dieser Woche ununterbrochen am feiern und Alkohol trinken. Das günstige Bier und Schnaps auf der Fähre für 2 1/2 Tage, danach schlossen sich 2 Tage Hamburg an. Die meisten haben von der Hansestadt, neben ihrem Hotelzimmern, nur die Reeperbahn und ihre Lokale kennengelernt. Nun waren sie 2 1/2 Tage auf der Rücktour und wieder gab es Bier und Schnaps, für die Finnen zu unbeschreiblich günstigen Preisen. So dauerte es einige Zeit, bis ich in den Schlaf gekommen war, aus dem ich nun wieder gerissen wurde.

„Was für eine andere Welt. Das wird wirklich ein richtiges Abenteuer", dachte ich bei mir, der Antialkoholiker, der noch immer von einer Fußballerkarriere träumte. Das Abenteuer begann für mich 15-jährigen, der sich immer die Frage nach seinem Alter mit 16 beantwortete, was in 1 1/2 Monaten soweit war, so richtig im Hafen von Travemünde. Zum ersten mal musste ich meinen Ausweis vorzeigen, um unter den streng musternden Augen des Zollbeamten, das Okay für das Betreten der Fähre zu bekommen. Ein fremdes Land mit einer anderen Sprache wartete nun auf mich. Ich glaubte mich gut vorbereitet zu haben, hatte ich doch in der Bücherei die drei Bände „Mit dem Fahrrad um die Welt" regelrecht verschlungen.

Müde von der Anreise, schlief ich die erste Nacht in meinem Schlafsack unter Sternen klaren Himmel gut und bestimmt auch viel geträumt. In einem Speiseraum versammelte sich die Jugendgruppe, mit der ich unterwegs war, zum gemeinsamen Frühstück mit unserem mitgebrachten Proviant. Dann hatten wir einen ganzen Tag Zeit, um neue Lebenserfahrung zu sammeln. Bis auf unseren Gruppenführer, waren wir Landeier noch nie so weit von unser Hofstelle entfernt.

Doch zunächst genoss ich mit einigen meiner Mitstreiter die Seefahrt. Strahlender Sonnenschein mit einer leichten Brise, die angenehm die Haut kühlte. Sonnencreme brauchten wir doch gut vorgebräunten jungen Kerle nicht, genauso wenig wie den Brechbeutel. Dabei hatte mich mein Vater doch, in seiner unnachahmliche Art, über so eine Seereise eingeweiht. Er sprach von Schlagseite des Schiffes, von Meter hohen

Wellen, starkem Sturm mit Regen, Gewitter und Donner. In seinen Worten klang alles fürchterlich schaurig und fast lebensbedrohlich was passierten kann. Doch die Realität war eine völlig andere. Eine ruhige Ostsee, auf dem das Schiff nur dahin geleitete, kein auf und ab. Auch kein Unwetter war am Horizont zu sehen. Die Sonne überstrahlte alles.

Um keine Langeweile auf kommen zu lassen, ging es auf Erkundungstour. Alle zugänglichen Räume der Fähre klapperten wir ab, prüften die Sicherung unserer Fahrräder, sowie die Vollständigkeit unserer festgeschnürten Gegenstände auf den Gepäckträgern. Da musste Markus doppelt kontrollieren, denn er hatte nach seiner Überlegung, zwecks besserer Gewichtsverteilung und damit auch verbesserter Fahreigenschaften seines Rades, vorne und hinten einen Gepäckträger montiert. Obwohl der Gymnasiast einer unserer klügsten war, so waren wir bei diesem Denkansatz von ihm, doch eher skeptisch.

Als letzte Station unser Besichtigungstour war der Kiosk in dem großen Speisesaal, der auch einen Außenverkauf an Deck hatte. Für uns fast jungen Männer stand dort für den Verkauf eine sehr nette und attraktive Bedienung gegenüber. Sie entsprach dem, was uns so vorher zugetragen wurde, eine blonde und immer lächelnde Finnin. Nun war Mut gefragt, um mit ihr ins Gespräch zu kommen. Doch bei einer Gruppe von Vieren, findet sich immer jemand der den Anfang macht. Kurt, der Gymnasiast nahm allen Mut zusammen und brachte seine in der Schule gelernte Fremdsprache an: „Do you speak english?" Wir warteten gespannt auf ihre Antwort. „Yes, a little" und so startete die Konversation mit Tilla.

Leider wurde unsere Unterhaltung immer wieder von den vielen finnischen jungen Männern gestört, die ununterbrochen nach alkoholischem Nachschub verlangten. Doch war hatten nicht besseres zu tun und blieben beharrlich am Ball. So lernten wir unsere ersten finnischen Worte, fünf Worte die ich bei mir bis heute in meine Kopf fest verankert haben. Yksi, kaksi, kolme, kiitos, näkemiin übersetzt heißt das: eins, zwei, drei, Danke und Auf wiedersehen.

Als wir uns am späten Nachmittag entschlossen, noch einmal uns mit Tilla zu unterhalten, hatten wir keine Chance. An dem Verkaufstresen standen dicht gedrängt unsere finnischen Mitfahrer und tranken, für mich schon fast schütteten sie alle verfügbaren alkoholischen Flüssigkeiten in sich hinein. Ihrem Gang nach zu urteilen, befand sich die Fähre in einem Orkan und schwankte unentwegt hin und her. So etwas hatte ich noch nie gesehen, in der Fülle und Intensität. Fast ein Schock für ein junges Landei. Auch war Tilla nun nicht mehr allein hinter der Theke, sondern das Bedienungspersonal war auf drei Personen auf gestockt. Ein großer imposanter Kerl stand den beiden Damen zur Seite, der die Betrunkenen auf Distanz hielt.

Wir Vier bezogen auf einer Bank den Beobachtungsposten. Die Party schlug um zu einem Saufgelage. Schaft er es bis zur Reling ohne zu fallen, darauf wetteten wir. Für jede richtige Einschätzung gab es einen Punkt. So hatten auch wir mit diesem Spiel unseren Spaß. Für die richtige Einschätzung, fallen, an der Reling sich übergeben gab es zwei Punkte. Die höchste Punktzahl von drei Punkten war erreicht, wenn er zurück kam und weiter trank. Wir hatten in den nächsten beiden Stunden bis zur Mondlandung, unsagbar viel drei Punkte Wertungen.

Nach dem Frühstück am nächsten Morgen und dem Festzurren der Schlafsäcke auf unseren Gepäckträgern ging es noch einmal nach einander zum Kiosk. Dort brachten wir unsere ersten gelernten finnischen Worte an die Frau, in dem wir einzeln und nacheinander uns von Tilla mit kiitos und näkemiin, verabschiedeten und dann von Bord gingen. Für unsere meisten finnischen Mitfahrer herrschten noch immer starke Sturmböen, so dass sie sich gegenseitig stützen mussten, um die Fähre zu verlassen.

Unsere weitere Fahrradtour fand ein glückliches und erlebnisreiches Ende für alle Teilnehmer. Es war eine einzigartige Tour, in einem einmaligen skandinavischen Sommer, um das sich noch heute viele Geschichten ranken, fast Legenden.

Liebe Freunde,

nachdem ich gestern mit meiner Kreativität eine Verabredung unter vier Augen hatte, also keine Video – Konferenz wie unsere Politiker, hat sich die Aussprache bis spät in die Nacht hingezogen. Das Resultat ist eine Lockerung des zeitlichen Erscheinens meiner Geschichten. Die Veröffentlichung für die Geschichten möchte ich gerne so gestalten, dass ich mich wieder bei euch melde darf, wenn bei mir wieder eine gute und zu veröffentliche Geschichte Einzug gehalten hat. Diese Regelung gilt ab Sonntag. Also kommt heute und Samstag noch eine Geschichte. Jetzt bewegen sich meine Gedanken zur Zeit doch sehr in Richtung unseres Sohnes und seiner Situation. Dann ist da noch der Garten. Kartoffeln haben wir zwar heute gepflanzt, aber es gibt noch mehr zu tun. Der Rasen zu Beispiel wächst schon ganz ordentlich.

Wenn dann noch Zeit ist und meine Gedanken in Richtung Geschichte kommen, drehen sie sich meistens um den runden Ball und meinem Wunsch in diesem Jahr mein Projekt „ Eine von zig Millionen Fußballlaufbahnen. Mit Kurzgeschichten durch die Zeit" bis zum Herbst zu Ende bringen. So ist es heute die Vierte und damit die vorläufig letzte Geschichte, die sich um das runde Leder dreht.

Passt auf euch auf!
Bleibt gesund!
Heinfried

Sonderurlaub

1973/74 Der Stab um Bundesverteidigungsminister Georg Leber hatte entschieden, dass ich bei meinem abzuleistenden Wehrdienst von 15 Monaten als Vermesser ausgebildet werden sollte. So brachte mich ein Sonderzug vom Hauptbahnhof am 2. Juli 1973 zum Bahnhof Fürstenaue ins Emsland. Nach einem gemeinsamen „Spaziergang" mit meinen Mitstreitern, oder wie ich zwei Tage später lernen musste, Kameraden, kamen wir in die Kaserne, wo ich in einem 6 Bettzimmer mit einer Toilette und Duschraum auf dem Flur, untergebracht wurde.

Vermesser heißt, mir wurde in drei Monaten beigebracht, neben der soldatischen Ausbildung, die Koordinaten des Punktes heraus zu finden, durch Messung, auf dem ich mich befand. Das diese Ausbildung im Emsland stattfand hatte einen großen Vorteil. Alle Kirchtürme waren vermessen. So konnte wir über die Dreiecksberechnung schnell unsere Koordinaten ermitteln, waren doch die Spitzen jeder Kirche von fast jeden Punkt zu sehen. Gelobtes flaches Land.

Das Oberkommando der Bundeswehr schickte mich dann nach bestandener Ausbildung in ein Artilleriebataillon. Dabei hatte ich riesiges Glück, lag die nun mir zugewiesene Kaserne nur 12 km von meinem Heimatort entfernt. Auch wurde ich in ein kleineres Schlafzimmer untergebracht, nur vier Betten. Toilette und Duschraum aber wie gehabt.

Nach dem ich mich in dem neuen Bereich eingewöhnt und organisiert hatte, war ich fast zum Heimschläfer geworden. Mit dem frühen Aufstehen hatte ich manchmal Probleme , musste ich doch immer bis zum Wecken um 6:00 Uhr in der Kaserne sein. Meist gab es eine Mitfahrgelegenheit. Wenn es einmal nicht klappte, war das Fahrrad mein Transport-mittel.

An einem Montag im Dezember, ich war richtig müde durch die letzte Disco – Nacht am Sonntag, war ich noch im Halbschlafmodus beim morgendlichen Antreten. Meine Gedanken kreisten um irgend eine Braut, die ich in der Disco gesehen hatte, als vorne vom Spieß, der Mutter der Batterie, deutlich das Wort Kurs fiel. Ein Knuff in die Seite von meinem Nachbarn und schon kam das Wort „Hier" aus meinem Mund. „Kanonier Kuers nach dem Antreten sofort auf das Geschäftszimmer. „Was will der von mir", fragte ich flüsternd meinen Nachbarn, der mich geknufft hatte. „Er sucht einen Soldaten, der einen Schreibmaschinenkurs gemacht hat". „Voll gepennt. Eigentor." Ich war sauer auf mich selbst.

In der Schreibstube wurde mir die Lage erläutert. Unserer „grandioser Hauptfeldwebel" hatte sich von den beiden Schreibstuben Soldaten reinlegen lassen und beide in den Weihnachtsurlaub geschickt. So wurde ich als Ersatzlösung ausgeguckt. Zum Glück hatte ich in dem letzten Schulhalbjahr pro Woche eine Stunde Schreibmaschinenunterricht, was mir damals völlig unsinnig erschien, doch nun kam es mir zu gute.

So wurde ich zum täglichen Schlipsträger. Doch es hatte auch etwas Positives. Die Urlaubskartei musste ich verwalten, was mir besonders die Freundlichkeit der Unteroffiziersdienstgrade einbrachte. Der Sonderurlaub war auch bei ihnen ein sehr hohes Gut. Wenn man einen Soldaten zu der Zeit belohnen wollte, versprach man ihm für seine Leistung einen Tag Sonderurlaub. Das wirkte wie ein Zauberwort.

Die Gunst meines Vorgesetzten, dem Spieß, hatte ich mir mit einem Zeitungsartikel verdient. Auf seinen Wunsch hatte ich für die regionale Zeitung einen Artikel über die Jahreshauptversammlung seines Schützenvereines, auf der er als 2. Vorsitzende wiedergewählt wurde, geschrieben. Der kam besonders gut bei ihm an, hatte ich seinen Namen zweimal öfter in den Zeilen untergebracht, als den des 1. Vorsitzenden. Außerdem wurde dadurch meine Beförderung zum Gefreiten, was erhöhten Wehrsold bedeutet, beschleunigt.

Sehr positiv wurde für mich auch, dass ich nun am Sport der Unteroffiziersgruppe teilnehmen   musste. Zu dem Zeitpunkt war ich gut durchtrainiert und es machte Spaß, den Vorgesetzten zu zeigen, was eine Harke ist. Besonders beim Fußball hatten doch einige diverse Defizite zwischen Worte und Füße. Nur unser Rechnungsführer Feldwebel Maier war eine richtige Torwartgranate. Ihm verdanke ich es auch, dass ich in das Standortteam berufen wurde. Ab dem Frühjahr fand nämlich die Bundeswehrstandort – Meisterschaft statt.

Unsere Mannschaft hatte ein festes Gerüst von Zeitsoldaten, zu dem immer vier bis fünf Wehrpflichtige hinzu kamen. Mir hatten sie die Position des Rechtenaußenverteidiger zu geteilt. Meiner Meinung hatten wir eine gute Mannschaft.

In den letzten fünf Jahren hatte aber unser Standort nie die zweite Runde erreicht, ging es doch immer gegen den wesentlich größeren Nachbarstandort, Besendorf. Die hatten das dreifache an Personal als wir. Unser Torwart, Feldwebel Maier, kannte das generische Team bestens. Sein Kommentar war in einem Wort zusammen gefasst: Chancenlos! Selbst auf unseren Heimvorteil, des Schlackeplatzes hilft nicht wirklich.

Es hatte zum Glück am Tag zuvor geregnet und der Schlackeplatz war weich. In der Umkleidekabine der Turnhalle machten wir uns bereit. Der S 3, Oberst Weidemann, unser Mittelstürmer, fungierte als Trainer und stimmte uns auf den Gegner ein. Keine Angst, je länger wir das 0:0 halten, um nervöser werden die vielleicht. Mit einer Prämie von einer Kiste Bier bei keinem Gegentor in der ersten Halbzeit, warf Torwart Maier noch ein Motivationanreiz in den Ring. Dann klopfte es an die Tür und der Standortkommandeur trat ein. Alle sprangen auf, wir Wehrpflichtige etwas langsamer. Bevor der Oberst Weidemann ansetzen konnte, sprach der Kommandeur: „ Keine Meldung, Kameraden. Ich weiß es ist fast unmöglich, aber Oberst Weidemann hat mir berichtet, dass wir diesmal eine Supertruppe haben. Wenn nicht dieses Jahr, wann dann. Also Männer, bei einem Sieg zwei Tage Sonderurlaub für alle Spieler. Also Kameraden raus und versucht euer bestes."

Die Mannschaft aus Besendorf war nicht nur gut eingespielt, sondern hatte auch ausgezeichnete Einzelspieler. Doch wir stemmten uns mit all unseren Möglichkeiten gegen den Angriffsdruck, den sie entfachten. Mittelfeldspieler und sogar die beiden Außenstürmer arbeiteten unermüdlich nach hinten mit. Unser Torwart hatte einen Sahnetag erwischt. Alles was unser Vorstopper, der kantige Küchenbulle, und der umsichtige Libero durchließen, machte er zu nichte. Mein Kollege auf der linken Seite und ich hatten alle Hände voll zu tun, um Durchbrüche und Flanken von außen zu verhindern. Nach 30 Minuten ließ der Druck etwas nach und wir konnten bis zur Pause die Null halten, ohne das wir auch nur eine Torchance hatten. Eine Kiste Bier war sicher. Wie die erste, so begann auch die zweite Halbzeit. Doch das Bollwerk hielt. Wir hatten uns im Laufe des Spiels immer besser zusammen gefunden und uns auf den Gegner eingestellt.

Dann kam die 82. Minute. Ein Befreiungsschlag aus der Abwehr konnte unser genialer Spielmacher, der Kölner Gefreite Hornig, unter Kontrolle bringen, seinen Gegner ausspielen, steckte den Ball gekonnt auf den mit seiner ganzen Routine genau im richtigen Augenblick gestarteten Mittelstürmer, S 3 Oberst Weidemann, und mit einem strammen Rechtsschuss netzte er, unter dem Jubel der gut 300 zuschauenden Soldaten, zum 1:0 ein.

Danach die reinste Schwerstarbeit. In der 89 Minute kam ein langer Pass auf dem gegnerischen Linksaußen. Ich war ein wenig unaufmerksam gewesen und musste hinter meinem Gegenspieler hinterher. Er legte sich den Ball noch einmal vor, zum Glück, holte aus zu einem Flachpass auf den freien Mitspieler. Da musste ich, was ich das ganze Spiel über auf diesem Platz vermieden hatte, zur Grätsche ansetzen. Entweder ist ihm der Ball etwas abgerutscht oder meine Fußspitze erreichte rechtzeitig den Ball. Tatsache war, dass es danach Ecke gab. Zwei Minuten später gab es ein riesen Jubel. Sieg durch schwere Arbeit. „Mehr als wohlverdiente 2 Tage Sonderurlaub" so Hornig zu mir.

„Na, du gehörst also auch zu den Verrückten 22 Männer, die hinter einen Ball hinterher laufen. Du siehst was dabei heraus kommt." Diesen Satz musste ich mir eine Woche lang von den Sanitätsgefreiten anhören, während er scheinbar genüsslich die Schlackensteine mit der Pinzette aus meiner langen Schürfwunde entfernte.

Wir gewannen auch noch die nächsten beiden Runden, bevor wir in Karlsdorf die Segel streichen mussten.

Als ich mit meinen Kumpels, die vier Tage nach Pfingsten auf Fehmarn zelten war, war die Schürfwunde gut verheilt. So konnte ich den wohlverdienten Sonderurlaub bei herrlichem Sommerwetter so richtig genießen.

Liebe Freunde,

nun haben wir bereits 31 Tage der Einschränkung durch diesen teuflischen Virus, wo immer er hergekommen und auf die Menschen losgelassen wurde, durch gemacht. Ich hoffe von ganzem Herzen, dass ihr ihn bis jetzt gesund überstanden habt, denn verzogen hat er sich lange noch nicht, leider. Erst mit einem Impfstoff können wir, die Menschen, ihn auf diesem Planeten besiegen.

Ich finde es toll, dass ihr meinen Fantasien und Gedankengänge tapfer ertragen habt. Für mich persönlich war es eine Bereicherung, tolle Ablenkung um durch diese Zeit soweit zu kommen. Dafür bedanke ich mich bei euch allen, sowie für die uneingeschränkten positiven Reaktionen. Schöner Seelentropfen in einer turbulenten unsicheren Zeit. Dank auch an meine liebe Frau, die mich bei der Schreiberei so sehr unterstützt hat. Dadurch sind viele Fehler und Ungereimtheiten in meinem getippten Texten zum größten Teil ausgemerzt worden, denn Gedankengänge sind oft schneller als Finger auf der Tastatur. Danke Sunny!!!

Wie am Donnerstag bereits angekündigt will ich nun etwas kürzer treten. Das heißt aber nicht, dass ich aus der Welt bin. Sollte mir vor dem Einschlafen oder auf unseren Spaziergängen eine Geschichte, ob gut oder schlecht entschiedet ihr, einfällt werde ich sie euch in diesem Rahmen mitteilen. Hat aber jemand schon ein „zu volles Postfach", bitte bedenkenlos mir mitteilen. Offenheit bereichert jede zwischenmenschliche Freundschaft. So ändert sich für euch eigentlich nur die Regelmäßigkeit einer Mail von mir.

Die heutige Geschichte ist eine Ansicht unserer aktuellen und zukünftigen Situation durch kindlichen Augen geschaut. Wir ihr sie interpretiert ist wie immer individuell.

Passt gut auf euch auf und denkt an meine Geburtstagsgeschichte aus dem Jahr 2028. Darin ist die Einladung für den 3. September 2028 zu meinem 75. Geburtstag ausgesprochen, bei dem ich euch bei bester Gesundheit wieder sehen möchte. Ich hoffe wir schaffen es gemeinsam, einen Traum Wirklichkeit zu werden.

In dem Sinne, bleibt gesund und glücklich.

Ganz liebe Grüße

Brigitte und Heinfried

Große Sprünge

Mijar war langweilig. Ihm war sehr langweilig. Eigentlich war es Mijar stinken langweilig.

Er hatte seiner Meinung nach schon eine Ewigkeit auf Mutters Worte gehört und war nicht vor die Tür gegangen. Doch die Lust mit den Legos zu spielen, zu puzzeln oder seine Spielzeugautos durch das Haus zu bewegen, waren ihm vergangen. Das Malen, was Mama ihm geraten hatte, musste er schnell aufgeben. Alle Buntstifte waren abgebrochen und er konnte einfach keinen Anspitzer finden. Mijar war nun einmal kein Stubenhocker. Er liebte es sich zu bewegen. Doch Fußball spielen im Haus hatten ihm die Eltern untersagt, nach dem bereits drei Vasen zu Bruch gegangen waren.

Mijar schaute aus dem Fenster. Es hatte aufgehört zu regnen und ab und zu warf die Sonne ihre Strahlen durch die Wolkenlücken. „Vielleicht kann ich einmal durch die Tür schauen und nachsehen, ob Mama schon zu sehen ist", dachte sich der kleine Mini Drachen. Mijar öffnete vorsichtig die Haustür und steckte seinen Kopf heraus. Doch von Mama war nichts zu sehen. „Dabei wollte sie nur für Oma einkaufen gehen. Ich wusste nicht was daran so lange dauern kann", dachte er, nach dem er die Tür wieder geschlossen hatte. „Eigentlich kann ich gar nicht so richtig auf den Weg gucken. Das geht doch viel besser von der Hausecke", so arbeiteten die Gedanken in Mijars Kopf. Schnell die Jacke angezogen, die rote Mütze aufgesetzt und durch die offenstehen gelassene Haustür fix zur Hausecke gelaufen. Keine Mama zu sehen. „Vielleicht kommt sie von der anderen Seite". Also auf den Hacken kehrt, an die andere Hausecke. Auch dort war nichts zu sehen. Zurück zur Haustür. „Vielleicht ist Mama zurück, wenn ich einmal um das Haus gelaufen bin". Mijar bewegte seine Beine so schnell er konnte und sprintete um das Haus. „Mama wo bleibst du?" fragte sich der kleine Drache. „Wenn sie auch noch etwas für uns eingekauft hat, freut sie sich bestimmt, wenn ich ihr auf dem Weg entgegenkomme und beim Tragen helfe", das war die nächste Überlegung von Mijar. Also machte er sich auf den langen Weg hinunter in die Richtung, woher seine Mutter kommen musste. Er hatte sich schon ein ganzes Stück von dem Haus entfernt, denn als er sich umdrehte, sah das Haus viel kleiner aus.

Plötzlich hörte er fluchende Geräusche auf der linken Seite des Weges und da stand sein Freund die Feuerameise Nolo, wie immer mit einem Stock auf den Schulter, vor ihm. „Ich begreife es nicht, warum mir das immer wieder passiert. Schon wieder falsch abgebogen. Nun habe ich meine Truppe verloren". Nolo legte den Stock herunter und kratzte sich an den Kopf. „Wir können hier auf meine Mama warten, die kennt deinen Weg zurück. Wenn sie kommt, sagt sie dir wo du lang musst, um wieder zu deinem Ameisenhaufen zu finden. In der Zwischenzeit können wir ja etwas spielen," schlug Mijar vor. „Fußball?" „Da habe ich keine Chance gegen dich, denn du hast sechs und ich nur zwei Beine" war der Einwand von dem kleine Drachen.

Platsch! Etwas großes Grünes landete dicht neben den beiden Freunden. Nolo erschrak sich so sehr, dass er umfiel, obwohl er sechs Beine hat. „Keine Angst Nolo, dass ist auch ein Spielkamerad von mir. Darf ich vorstellen, dass Tello, der Laubfrosch." „Hallo und wer bis du?" fiel Tello Mijar ins Wort. „Ich, ich bin Nolo, die Feuerameise und der Freund von Mijar" sagte die Feuerameise, die sich von seinem Schreck langsam erholt hatte. „Du, Tello, dürfen Nolo und ich ein paar mal auf deinen Rücken rutschen?" „Warum nicht, für mich ist das Schubbern sehr angenehm", erklärt Tello und setzte sich. „Komm, Nolo" ermutigte Mijar, den noch etwas zögernden Nolo. Sie setzten sich beide auf die Nase von dem Frosch. Der hob den Kopf und so konnten die beiden Freunde ihm den Rücken herunter rutschen. Durch den Froschschleim bekamen sie richtig Fahrt auf den Weg nach unter. Sie mussten einen Purzelbaum schlagen, als der Weg sie abbremste. Nach zwei vergnügten Wiederholungen stoppte Tello das Vergnügen. „Ich glaube wir müssen uns schnell einen Schutz suchen, denn es dauert nicht mehr lange und es kommt ein kräftiges Hagelschauer", sprach er mit ernster

Stimme. „Woher willst du das wissen, es scheint doch noch die Sonne?" fragte Mijar. „Wir sind nicht nur Laubfrösche, sondern auch Wetterpropheten und zwar die Besten. Seit der Schöpfung haben wir die beste Wetter App in unserem rechten Bein. Mein Ur-Ur-Großvater hat mir erzählt, dass sein fünfmal Ur-Großvater noch eine Zeit erlebt hat, da haben sie bei den Menschen in einem Glas gelebt und waren nur für die Wettervorhersage zuständig." Mijar und Nolo hörten mit offenen Münder der Ausführung des Frosches gespannt zu. „Doch heute haben die Menschen so einen kleinen schwarzen Kasten, in der sie irgendwie so eine Wetter App nachgemacht haben und sie ist dort eingesperrt. Auch behaupten sie, die sei viel besser als die von uns Fröschen. Dazu kann ich nur sagen „Fake News"!

Der Himmel hatte sich sehr schnell verdunkelt, der Wind begann sich aufzublasen und pustete schon etwas stärker. „Wo finden wir denn einen sicheren Unterschlupf?" fragte die ängstliche Feuerameise „ Mein Körper ist vor Hagelkönner nicht sicher". „Mama hat auch gesagt, dass ich davon einen Dachschaden bekommen kann und ich dann immer Kopfschmerzen haben werde", warf Mijar ein. „ Da hilft nur ein Ausweg. Ihr werft ein Blatt auf meinen Rücken, damit ihr nicht abrutscht, und dann versuche ich mit riesigen Sprüngen zu dem Haus von Mijar zu kommen.

Der Magen von Nolo hatte zwischen durch rebelliert und alles ausgespuckt was er heute morgen gegessen hatte, doch das war nicht so wichtig. Sie hatten knapp vor dem starken Hagelschauer das Haus von Mijar erreicht und waren in Sicherheit. „Buhh, dass eng. Ich hätte nie gedacht, dass du so große und weite Sprünge machen kannst,, Tello" sagte Mijar voller Anerkennung zu seinem Retter. „Schaut euch die großen Hagelkörner an, die wären für uns total gefährlich, lebensbedrohlich geworden", sprach der überglückliche Nolo „gut, dass du da warst Tello". Nolo stellte sich auf seine beiden Hinterbeine und drückte den Frosch mit den vier vorderen Beinen, so kräftig er konnte.

Nach dem das Hagelschauer sich verzogen hatte, verabschiedete sich Tello und verschwand hüpfend im hohen Gras. Mirja und Nolo hatten die Buntstifte gerade wieder angespitzt, nachdem sie den Anspitzer unter dem Küchentisch gefunden hatten, da kam auch Mijars Mama zurück. „Was für ein Sauwetter, und dann auch noch dieser große Hagel. Da musste ich bei Oma warten, bis alles vorbei war. Aber ich wusste, dass du auf mich hörst und nicht aus dem Haus gehst. Ein Glück, dass du zu Hause warst und Nolo herein lassen konntest. Das wäre für dich ganz schön schlimm geworden so allein und ungeschützt". So beurteilte die Drachen Mama die Situation, nachdem sie ihren Mantel abgelegt hatte und in der Küche Mijar und Nolo gesehen hatte. Die beiden Freunde ließen die Geschichte von Mama Drachen unkommentiert. Dann zeigte sie Nolo den Weg zu seinem Ameisenhaufen. Der verabschiedete sich brav an der Tür. „ So Mijar, nun zeig mir bitte einmal, was ihr gemalt habt."

Liebe Freunde,

ich hoffe für euch ist dies keine unangenehme Störung. Gerade einmal vier Tage habe ich Ruhe gegeben, bis es wieder in den Fingern gekribbelt hat mit euch zu kommunizieren.

Ich habe gerade in einem persönlichen Kommentar, meine bewegte Gedankenwelt in dieser doch so viel anderen Zeit, von der Seele geschrieben. Es musste einfach einmal raus. So wird an meinem 75. Geburtstag, als ein Programmpunkt "Gedankenwelt im April 2020" von mir präsentiert werden.

Gestern habe ich den Gedanken einer meiner Leserinnen auf genommen und von den euch zu gemailten Geschichten, samt Anschreiben, ein Buch per Internet bei Verlag BoD in Auftrag gegeben. Wann "Phantasie gegen Pandemie" Kurzgeschichten aller Art, erscheint weiß ich leider noch nicht. Immerhin ist es schon unter der ISBN-Reservierung: 978375191114 registriert (Cover siehe Anhang).

Es ist auch schon für mich ein wenig verwunderlich, wie mich der Bazillus des Schreibens gepackt hat. Ich glaube meine Tastatur ist sehr verwundert über den oftmaligen Gebrauch. Durch die Abnutzung sieht das E schon wie der Zwillingsbruder von F aus.

Doch ganz ohne Geschichte möchte ich euch heute nicht davon kommen lassen. Sie ist dörflich, derbe, vielleicht für den

Einen oder Anderen etwas anrüchig. Vorsicht ist also beim Lesen geboten. Der Titel "Verspätete Osterlämmer" hat aber mit dem Gruselfilm, "Das Schweigen der Lämmer" nichts im entferntesten zu tun.

In dem Sinne, bleibt gesund und glücklich.

Ganz liebe Grüße

Brigitte und Heinfried

18. April.2020

Verspätete Osterlämmer

Schafzüchter Hansi J. A aus E. stützt sich auf seinen Zaun und betrachte seine Schafe, die sich genüsslich über das frisch angelieferte Heu her machen. Von der anderen Straßenseite beobachten der Anlieger H.K. sowie dessen Bruder A.K. aus S. die Lage auf der Schafweide. „Na Hansi, dass war wohl nichts mit Osterlämmer, mindestens eine Woche zu spät" bemerkte etwas verschmitzt H.K. „Vielleicht wusste der junge Bock Otto der IV noch nicht wie das geht mit den Schafdamen oder die sind Scheinschwanger" , so Bruder A.K. „Vielleicht ist aber auch vom anderen Ufer", ergänzte H.K. die frotzelnden Bemerkungen in Richtung des Schafzüchters. Hansi J. aus E. drehte sich zu den beiden lästernden Kerlen um. „Das ist wahrscheinlich ganz anders als ihr denkt. Ich glaube eher, der Bock ist von einem Rechtsradikalen erzogen worden und die Lämmer kommen erst am 20.04." so versuchte der Schafzüchter den beiden von der Schafzucht Unkundigen den Wind aus den Segeln zu nehmen. Doch die ließen sich vom lästern nicht aus dem Lästerrythmus bringen. „Ich glaube das bei Schafbock Otto den IV statt dem Geschlechts-teil eine Luftpumpe gewachsen ist",war die Überlegung von H.K. „Wenn dann ist aber auch eine sehr große. Es kann aber auch sein, dass er seine gelenkigen

Vorderhufe benutzt hat, da hat es dann für die Schafdamen nicht mehr gereicht" so lachend Bruder A.K. aus S.

19. April 2020

E-mail Verkehr am Morgen

Hallo A.K. aus S.

der rechtsradikale Verdacht gegen den Lieferanten von Schafbock Otto den IV ist unbegründet und muss zurück genommen werden. Zwei Lämmer sind heute Nacht, also am 19.04. geboren.

Gutes Frühstück mit der Familie und schönen Sonntag!

H.K.

Hallo H.K. aus E.,

dass hätte aber auch eine Schlagzeile gegeben. "Schalke Fan hat rechtsradikalen Heidschnuckenbock zur Vermehrung eingesetzt." Man wäre zu Schluss gekommen, vom Fußball und Heidschnucken hat der Kerl, Hansi J. Aus E., offensichtlich keine Ahnung. Ist ja, was die Heidschnucken angeht, noch einmal gut Gegangen.

LG

A.K. aus S.

Nachdem ich am Freitag meinen beiden Enkelsöhnen die Geschichten von dem kleinen Drachen Mijar und der Feuerameise Nolo vorgelesen hatte, waren sie zu meiner Überraschung sehr begeistert. Das war meine Motivation mich noch einmal an meinem Computer zu setzen und eine weiter Geschichte der beiden kleinen Abenteurer zu schreiben. Ich hoffe auch die stößt auf Begeisterung meiner beiden Enkelsöhne.

Flugstunde

Mijar schaute noch einmal in seinen Rucksack. Er hatte alles was er für den Weg zum See brauchte eingepackt. Die große Flasche mit dem süßen Birkensaft, die beiden Wurstbrote, das Stück Käse und natürlich die Hand voll Bonbons durfte nicht fehlen. Dazu hatte er noch seine Sammlung mit den flachen Steinen hinein getan. Sein Plan für den heutigen Nachmittag sah vor, unten am See, dort wo der kleine Bach hinein mündete, das Experiment der über Wasser hüpfenden Steine auszuprobieren. Ein Drache aus der Oberstufe hatte ihm in der Schule davon erzählt. Mijar glaubte ihm nicht, dass Steine, wenn man sie flach auf das Wasser warf, dann vor dem Untergehen mehrmals über das Wasser hüpfen können.

Also warf er seinen Rucksack über, oh verdammt schwer, und schon machte er sich auf den weiten Weg. Dabei schaute er immer auf den Boden, um vielleicht einen super flachen Stein zu finden. Doch auf dem Waldboden lagen nur kleine Stöcke, altes Laub und Tannennadeln. Keinen einzigen Stein fand er auf dem Weg bis zum See.

Das Wasser war jetzt im Frühling doch noch sehr kalt. Das fühlte Mijar, als er seine Finger hinein steckte. „Brrr! Da behalte ich meine Schuhe doch lieber an, bevor ich mir noch meine Krallen abfriere," dachte der kleine Drache und nahm den Rucksack vom Rücken. „Erstmal einen Schluck

Birkensaft, dass macht mich richtig munter. Papa sagt das auch immer," überlegte Mijar und nahm einen kräftigen Schluck.

Hier an der Stelle, wo der Bach in den See floss, war eine große Sandfläche. Dadurch konnte Mijar richtig Anlauf nehmen, um mit ordentlich Schwung den Stein über das Wasser zu werfen. Der erste Versuch ging völlig daneben. Es gab nur eine lautes Plob und schon war der Stein verschwunden. Doch der kleine Drache war ehrgeizig. Nach dem Anlauf ging er tiefer in die Knie, warf ihn weiter entfernt flach auf das Wasser. Tatsächlich der Stein hüpfte dreimal, bevor auch er auf den Grund des Sees sank. „Oh, dass macht Spaß. Einmal sehen, ob ich nicht fünf Steinsprünge schaffe", dachte Mijar nahm Anlauf, holte aus, da vernahm er einen Ruf nach Hilfe vom Ufer des Baches. Mijar konnte gerade noch den Versuch abbrechen, sonst wäre der tolle Stein verloren gewesen. Er drehte sich um und ging in die Richtung aus dem der Hilferuf kam.

„Was hast du denn gemacht, dass du auf den Rücken liegst und nicht aufstehen kannst, kleiner Maikäfer?" sprach Mijar als er die bedrohliche Lage des Käfers sah. „Bitte schubs mich von der Seite, dann kann ich mich wieder auf sechs Beine stellen. Bitte!" so flehte der kleine Maikäfer. Mijar war wie immer hilfsbereit, wenn jemand in Not war. Mit einem kräftigen Schubs kam der Käfer wieder auf die Beine. „Ich danke dir kleiner Drache. Das war sehr nett, dass du mir geholfen hast. Ich bin übrigens Rittag, das Maikäfermädchen und wer bist du?" „Ich bin Mijar der kleine Drachen und wohne mit meinen Eltern da oben in einem Baumhöhlenhaus," so stellte sich der Retter vor. Doch bei dem Wort Eltern, floss Rittag eine Träne über die Wange. „ Da ist noch etwas, was ich dir erzählen muss. Ich bin heimlich über den Bach geklettert. Doch der Ast ist abgebrochen und nun komm ich nicht mehr zurück zu meinen Eltern, die auf der anderen Seite wohnen. Leider kann ich noch nicht fliegen, dass wollen mir meine Eltern erst morgen zeigen. " Mit der Traurigkeit flossen noch mehr Tränen bei dem Maikäfermädchen. „Nun beruhige dich erst einmal, nimm einen Schluck aus meiner Birkensaftflasche und dann sehen wir weiter;" versuchte Mijar auf Rittag einzuwirken.

„Nicht erschrecken ihr beiden. Ich bin es bloß, Tello der Laubfrosch. Was macht ihr denn hier?" „Toll das du da bist, vielleicht kannst du uns helfen das große Problem von Rittag zu lösen." Hoffnung klang aus Mijars Stimme, als er sich zu Tello umgedreht hatte. Dann schilderte er dem Frosch ausführlich die Lage, ohne unerwähnt zu lassen, dass er einen Stein schon dreimal über das Wasser hat hüpfen lassen.

„Da ist guter Rat teuer. Ich kann zwar große Sprünge machen, aber über den Bach schaffe ich es nicht. Ich kann zwar schwimmen und tauchen, aber Rittag nicht. Über die Brücke zu gehen dauert drei Tage und ist auch viel zu gefährlich," so war die Lageeinschätzung von Tello. Mijar hatte seine nachdenkliche Mine aufgesetzt, kratzte sich hinter dem Ohr und überlegte angestrengt. Der einzige Weg war durch die Luft, aber wie. Wer sollte denn Rittag das Fliegen bei bringen? Er selber konnte es nicht , denn Drachen lernen erst im Erwachsenenalter fliegen. Es war ganz ruhig, denn alle drei suchten nach einer Idee, den Bach zu überwinden.

Durch die Stille drang ein 84-faches „Tak" und 6 mal „Tuk".

„Nolo, auch wenn du schon am Ende gehst und damit niemand in die Hacken treten kannst, versuche doch bitte mit deinen Kollegen im Gleichschritt zu gehen," hörte man eine kräftige Stimme sagen. „Das ist die Abteilung von Nolo, der Feuerameise, mein Freund," sprach Mijar und rief ganz laut „Nolo". Da kam sie schon aus dem hohen Gras die Stocktransportabteilung der Feuerameisen. „Wer hat hier so laut nach unserem Mitarbeiter Nolo gerufen?" wollte der Anführer der Transportabteilung wissen. „Das war ich. Mein Name ist Mijar und ich bin ein guter Freund von Nolo." „Das stimmt Herr Abteilungsleiter sagte Nolo, der an der ganzen Schlange von 15 Ameisen vorbei, nach vorne gelaufen war. Er umarmte Mijar und begrüßte die anderen Anwesenden.

Mijar nutzte die Gunst des Augenblicks und erklärte nun auch den Neuankömmlingen noch einmal die Lage, ohne unerwähnt zu lassen, dass er einen Stein schon dreimal über das Wasser hat hüpfen lassen. Während er noch sprach war der Abteilungsleiter des Stocktransportes schon kräftig am Überlegen. „Durch die Luft. So, so. Da bleibt nur die einzige Möglichkeit mit einem Katapult hinüber schießen." „Nicht schießen, bitte nicht," flehte Rittag. Ihr stand das Entsetzen im Gesicht. „Keine Angst junge Dame. Das ist mehr ein beschleunigendes Hinüberfliegen. Ich ab da so eine Idee." Dann wand der Abteilungs-leiter sich seinen Arbeitern zu. „Wir benötigen 6 starke Rundhölzer und einen breiten etwas längeren Holzspan, der so aussieht wie ein Brett. Also ausschwärmen und suchen." Wenn Ameisen eines ganz sehr gut können, dann ist es Ausschwärmen. Mijar, Tello und Rittag konnten gar nicht so schnell gucken, wie die Ameisen verschwunden waren. Doch genau so schnell wie sie gegangen waren, waren sie auch fast wieder zurück.

„Das Katapult bauen wir hier vor dem Baumstumpf auf. Erst die 6 Rundhölzer aufstapeln, unten drei, in der Mitte zwei und oben eins." Gesagt und schon erledigt. „Nun den breiten Holzspann darauf legen, schräg, dass die hohe Seite fast bis an die Oberkante des Baumstumpfes reicht." Bei dieser Arbeit mussten alle Ameisen mit anpacken, denn der Holzspann war auch für sie nicht leicht. „Mijar und Tello ihr müsst nun auf den Baustumpf steigen und Rittag setzt sich unten auf den Span." Der Abteilungsleiter hatte alles in Griff und es schien Mijar, als ob er genau wusste was er tat. „Wenn ich pfeife, dann spring ihr beiden von dem Baumstumpf auf den Span. Der schnellt auf der anderen Seite schlagartig nach oben und wenn meine Berechnung stimmt landet die junge Dame auf der anderen Seite des Baches, zu Hause." Noch bevor jemand einen Einwand gegen die Vorgehens-weise haben konnte, ertönt der Pfiff. Mijar und Tello sprangen herunter auf den Span, der schellte auf der der anderen Seite mit Rittag in die Höhe, über die Köpfe der staunenden Zuschauer in Richtung des Baches. Das Maikäfermädchen bekam es mit der Angst. Instinktiv schlug sie mit ihren Flügeln auf und ab und siehe da, sie konnte fliegen.

Juhu ich fliege. Ich fliege nach Hause. Mijar war zurück auf den Baumstumpf geklettert und beobachtete wie Rittag den Landeanflug eingeleitet hatte.

„Alles okay da drüben auf der anderen Seite des Baches?" rief Mijar so laut er konnte hinüber. „Alles okay kam es zurück. Ich muss nur noch die Landung üben, denn ich voll mit der Nase in den Matsch gefallen. Ich freue mich, dass ich wieder zu Hause bei meinen Eltern bin. Die kommen bestimmt gleich zurück.Wenn ich dann richtig fliegen gelernt habe, komme ich euch besuchen!" „Super Rittag. Mach es gut, bis irgendwann," rief Mijar zurück.

Die Ameisen formierten sich wieder in ihrer gewohnten Reihenfolge, Nolo am Ende, warfen ihre Stöcke auf die Schulter und marschierten davon. In der Ferne hörte man nach einiger Zeit ein 84-faches „Tak" und 6 mal „Tuk". „Nolo!"

138

Tello sah Mijar noch beim Experiment der hüpfenden Steine zu. Tatsächlich schaffte ein Stein von Mijar fünf Hüpfer. Stolz gingen die beiden dann heimwärts. Tello freute sich über die Scheibe Wurstbrot, das halbe Stück Käse und die Bonbons, die sich Mijar mit ihm teilte und den riesigen Schluck Birkensaft.

„Nächste Woche probiere ich, dass der Stein 10 mal hüpft," sagte Mijar mit der Überzeugung nun ein absoluter Experte für auf dem Wasser hüpfende Steine zu sein. . „Versuch es erst einmal mit 8 mal," gab Tello ihm den Rat und verabschiedete sich springender Weise ins hohe Gras.

Schreiberling:

Heinfried Kuers

Baujahr 1953

Einer von Achten, bekennendes Dorfkind,

glücklicher Ehemann, Vater und Opa

Rentner ohne Studium